鴻上尚史

世間ってなんだ

講談社+α新書
プラスアルファ

まえがき

いよいよシリーズ三部作の最後です。27年間にわたって連載した週刊『ＳＰＡ！』の１２００本以上のエッセーから、今回は、「世間」について書いた46本を集め、構成し、39の珠玉の文章になりました。

はい、自分で珠玉と言います。なにせ、１２００本以上の中から選んだ46本ですからね！

というようなことは、前二冊の『人間ってなんだ』と『人生ってなんだ』に書いたので、さっそく、中身に関係した話を。

この前、僕がやっているテレビ番組ＮＨＫ－ＢＳ１『ＣＯＯＬ　ＪＡＰＡＮ』の収録前に、あるフランス人が、理解できないという顔で、収録前に僕のところにやってきました。

「この前、コンビニに行って、タバコを買おうとしたら、金髪のお兄ちゃんが、画面を指さして、触れ、触れって言うんですよ」と憤慨（ふんがい）した英語で話し始めました。

金髪のお兄ちゃんは英語が拙（つたな）くて、なかなか、理解できなかったのだけど、画面に「20」という数字が見えたと、フランス人は言いました。ここで、日本人ならすぐにピンときますね。タバコやお酒を買う時に「私は20歳以上です」に「はい」を押すということですね。

フランス人も、画面を見て、説明を聞いて、ようやく理解したのですが、次の瞬間に「私が20歳より下に見えるのか!?」と頭が真っ白になったそうです。

そのフランス人は頭が薄くて太っているおじさんでした。

「鴻上さん。理解できないんですよ。どうして、私にそんなことを確認しないといけないんでしょうか」

その答えは、この本に書きました。

それから、『ドラえもん』が欧米では受け入れられないとエッセーには書きました。書いた時点ではそう思ったのですが、その後のリサーチで、ラテン系の国々、スペインやフランスでは、『ドラえもん』は受け入れられているという事実が分かりました！

と、！マークつきで言っていますが、どうして当初欧米では受け入れられないと言っていたのか、ではどこで受け入れられているかは、この本に書きました。

「世間」と「社会」、そして「空気」という僕がずっと考えていることが27年の間にどう変化したのか、とりわけ、ネットが普及したことで、私達の「世間」や「社会」をどうかえたのか。

担当編集者の田中さんは、時系列的にエッセーを構成してくれました。ですから、この本は僕の『『世間』と『社会』をめぐる旅」でもあります。

そして、2022年、安倍晋三（あべしんぞう）元首相の不幸な事件の後、僕が何を考えているかは、「あとがきにかえて」で書きました。

ごゆっくりお楽しみ下さい。

世間ってなんだ／目次

2 「迷惑」について

3 「責任」について

1 「ちゃんとする」圧力

「日本的快適さ」と「日本的息苦しさ」

ロンドンは、ここ1週間、抜けるような青空で、ようやく、暖かくなってきました。

といって、今年は4月の中旬に雪が降りましたから、はじめの3日ほどは、「また、絶対に寒くなる！」と信じなかったのですが、さすがに、1週間、青空が続くと、「おうおう、やっとお前も改心したらしいな」と信じる気持ちになってきました。

ロンドンの冬は、本当に寒く、暗く、冷たかったので、「冬のロンドンは、人間の住む場所じゃねえ！」と言っては、ロンドン出身のクラスメイトから、嫌な顔をされていました。

みんなよっぽど、僕が怒っていると思ったのか、昨日は、18歳、色白、もち肌のリチャードが、「ショウ、青空だよ。ロンドンの青空だよ」と嬉しそうに話しかけてきました。まるで、ロンドンをフランチャイズにしているサッカーチームのサポーターが、試合に勝った報告をしているようでした。

昨日の夜、テレビを見ていると、「あんまり天気がいいので、みんな、昼休みを長く取るようになって、経済に影響が出始めている」というニュースが流れていました。

さて、突然、話を迂回させますが、外国にそれなりに長く住むと、日本という国に対する無意識の態度を、意識化するようになります。

ぶっちゃけて言えば、大好きになったり、大嫌いになったりするわけです。

で、最近、僕はしみじみ思うのですが、判断の一つの要因は、「日本的な快適さ」を取るのか「日本的な息苦しさ」を嫌悪するのかということのような気がしています。

前述したニュースは、こんないい天気が5月に1週間も続くのは、とても珍しいということが主眼でした。

経済に影響が出ているという方ではありません。経済に影響が出るぐらい〝いい天気〟だということです。

しかし、このニュースを具体的に想像すると、昼休み、公務員も会社員も店員も、みんなサンドイッチ持って公園へ行って、1時間の休みではもったいないので、太陽を一杯に浴びて、30分か1時間遅れて仕事場へ戻るということです。

日本でこんなことが許されるのか？

2時になっても（イギリスの昼休みは、1時から2時までです）、お店は開かず、役所は機能せず、会社に人がいないなんてことを日本人は許すか？

「日本的な快適さ」は、2時に必ず、お店が開くことを保証します。いえ、さらに進んで、誰かが、太陽を浴びることなく働き続け、昼休みも同じ水準で仕事が続くように保証します。

先進諸国という分類に堂々と入るイギリスでさえ、青空が続くと、国民的規模で、昼休みを長く取るのです。

今日、学校で天気の話になり、このニュースのことを言うと、イタリアから来たヌーボラという女性が、「あら、イタリアでは普通のことよ」とさらりと言いました。

天気がいいと、昼休みは長くなる。それは、当然のことじゃないのとつけ加えました。

この話は、長くなるので、今回はここでやめておきますが、ひとつだけはっきり思っていることがあります。

それは、「日本的息苦しさ」を嫌悪しながら、「日本的快適さ」を求めるのは、虫が良すぎるということです。逆に言えば、残念ですが、それほど、人間は賢くも強くもないだろうということです。

ロンドンの地下鉄は本当によく遅れます。急に止まって、電気も消えて、真っ暗のまま、10分以上止まってるなんてのも珍しくありません。

そもそも、信じられないでしょうが、毎日、同じ時間に来ません。

だから、ロンドン人は誰もロンドンの公共交通（地下鉄とバス）を信じていません。クラスメイトも先生も、よく遅刻します。

この前、日本では、地下鉄はいつも同じ場所に止まるから、どこにドアが来るのか事前に分かる、とイギリス人に話したら、信じてもらえませんでした。

で、僕は思うのです。いつも決まった時間に電車が来て、同じ場所に止まるというイギリス人には信じられない「日本的快適さ」を好む以上は、いつも時間に追われ、いつも時間を気にする「日本的息苦しさ」から逃れることはできないだろうと。

どんなに天気が良くても、時間が来たら必ず仕事を始める「日本的快適さ」を好む以上は、いつも周りの目を意識し、世間が見つめる「日本的息苦しさ」から逃れることはできないだろうと。

ただし、だからイギリスが素晴らしいなどと愚かなことを言っているのではありません。問題を単純化することと、解答を単純化することはまったく別です。

最近、日本ではイギリスがブームで、「イギリスは大人の国で日本は子供の国」などという能天気な本が売れているそうです。

僕はすぐに反論できます。イギリスが紳士とマナーの国なんてのは、地下鉄に乗れば、いっぺんで嘘だと分かります。

ほとんどの人は、どんなに混んでいても電車の奥に詰めないし、下りる人に場所を空けることもしません。

電車の中で、一番、マナーがいいのは、悲しいことにラッシュアワーの訓練をつんだ日本人なのです。

（1998年6月）

「幸せ」について語れますか?

とうとう始まったイギリス版『トランス』公演の初日、2時に舞台に集合と前日に言っていたのに、2時になっても役者は誰も来ません。

初日の時間がない時にどうしたんだと楽屋に走ってみれば、俳優全員でゆっくりとお茶を飲んでいました。

ア然として、しばらく立ち尽くしていると、役者の一人が、「ショウジ、どうしたの?お茶、飲みたいの?」と優しく聞いてくれました。

僕は、しょうがないなあと思いながら、にっこりと微笑みました。内心、「これじゃあ、なかなかストレス、たまらないだろうなあ」と感心(?)していました。

ロンドンで、日本大使館の偉い人が、自宅のパーティーに役者とスタッフを招待してくれました。

そこで、大使館の人と話し込みました。

女性だったのですが、一度、海外勤務になると2年から3年、その地にいるのだそうです。

んで、彼女はスペインから勤務が始まったそうです。シエスタ（長〜い昼休みですね）のあるスペインです。その後、彼女はフランスにも行って、今はイギリス勤務なわけです。

で、僕は、ずっと思っている素朴な疑問を聞きました。

「そういうノンキな国で、リラックスすることというか、働き過ぎないことを経験して、日本に戻ってくると、日本の生活が嫌になりませんか？」

彼女は、しみじみとため息をつきました。「ええ、若いころは特にダメでしたね。日本の朝も夜もない勤務時間と、こっちの夕方6時にはちゃんと仕事が終わっている生活との切り替えがまったくできませんでした」

そして、「でもね、私はすごく不思議なんですけど、イギリスの会社員なんて、本当に5時か6時になると、パブ行って飲んでるんですよ。残業なんてほとんどしないわけです。なのに、今、イギリスは非常な好景気で、バブルと言ってもよくて、ロンドンの金融取扱高が世界一でしょう。じゃあ、早朝から深夜まで働いている日本人はなんなのっていう気がしますよね。終電まで働く国民と、6時にはパブでうまいビールを飲む国民が、結果的にそんなに変わらないどころか、パブ派が今は勝ってるってのが分からないんですよ」

彼女は、ロンドンの曇り空を見つめながら、またため息をつきました。じつは、これとまったく同じ話を、僕は借りているフラットの大家さんとしていました。

最初に確認しておきますが、イギリスでも、早朝から深夜まで働いているモーレツ社員はいます。特に、株式関係だと、ロンドンでは早朝にニューヨークの終わり、深夜に東京の開始に立ち会えますから、働きに働いています。

でも、そういう人は、びっくりするぐらいのお金を貰っています。

2007年、ロンドンでは金融関係で、2億5000万円以上のボーナスを貰った人が、3000人いたそうです。ボーナスでっせ。月給を貰う以外のボーナスが、2億5000万円ですからね。もう笑うしかないってことね。

で、そんなに働きに働く人以外は、普通に朝9時に出社して、6時にはもう会社を出ているわけです。なのに、好景気。

んで、「どうしてでしょうね？」と話していると、大家さんの知り合いでフランスで育った日本人が、「日本に行って思ったけど、日本人は余計な部分にエネルギーを使い過ぎているんじゃないですか。結果、大切な部分に使うエネルギーはイギリス人と同じだと思いますよ」

と、素朴に語ったそうです。

つまりは、会社にものすごく長くいるけど、本当に大切なことをしている時間は、イギリス人の定時勤務と同じぐらい、ってことですね。

意味なくダラダラいたり、根回しに疲れたり、やる前にあれこれと思い悩んだりしてるってこと、なんですかねえ。

そんなことを大使館の女性に話していると、話のテーマは、「幸せとはなにか？」に移っていきました。

お互いが共通に思ったのは、自分のことも含めて、「幸せを断言することに、日本人は慣れてない」ということでした。

「鴻上さん、知ってます？　イギリスの小学生の二番目になりたい職業は、消防士なんですって。で、一番の希望は、なんだと思います？　働かなくても生活できる金持ちなんですって」

「それって、上流階級、貴族のことですね」

「そうなんです。そういう階級がちゃんとあるから、働かなくて生活できるのが一番いいって、思っちゃうんです」

「日本じゃあ、考えられませんよね。一生働かなくても食えるぐらい金持ちって、日本人はどこか、頭の片隅で『そんな生活、飽きるだろうな』とか『バカになるんじゃないかな』とか思うんじゃないですかね」

そう僕が言うと、彼女もうなずきました。

日本人は、どうも、正面切って「これが私の幸せです」と断言することに慣れてないような気がします。これが、ヨーロッパだと、「家族と暮らすことが私の幸せです」とか「恋人と美味しいものを食べることです」とか、簡単に断言するのです。

日本人に、「あなたの幸せはなんですか?」と質問すると、「うーん」と考え込んで、内心、「まともなことを言わないと恥ずかしいぞ」とためらって、こんがらかるだけのような気がします。

けれど、ヨーロッパ系はしごく簡単に断言するのです。「美しい庭を作ること」だの「旅行をすること」だのね。

「日本の生活はやっぱりおかしいと、海外で暮らすと思うんですよ」と彼女は言いました。

日本人で「幸せ自慢」している人って、少ないでしょう。それどころか、ほとんどの人は、「自分はどんなに大変なのか」を語っていますよね。

家庭でも職場でも学校でも、「自分はいかに大変なのか」をみんな競って語っているでしょう。「自分は他の人より苦労しているんだ」ということが、その人の存在証明になっているでしょう。「自分はいかに幸福か」なんてことを必死になってしゃべっている人は、めったにいませんよね。

どうしてなんでしょうね？

ロンドンで、大使館の女性と、「どうして、日本人はこんなに働き過ぎるのか？」をずっと話したわけです。

夏休みでも、1週間とか取る人は、どこかすまなそうでしょう。当然の権利みたいにして取っている人は、あんまりいないと思うんですよね。

どこに行くかも、なんだか、コソコソと隠しながら、準備しているような気がします。

ラテンの国々ほどノンキじゃないイギリスでも、バカンスはちゃんと1ヵ月ぐらいはあります。

『トランス』をやったロンドンのブッシュ・シアターも、7月8月は公演がありません。関係者全員が、バカンスに行くのです。

最初、それを聞いた時は、コメントできませんでしたからね。

もっとも、9月から芝居が始まりますから、その準備を含めて、8月はそこそこ働きます。んでも、その分、7月は休むんですよね。

日本人の「働くのが好き」ってのは、いいことだと思うんですよ。「働くことが生きがい」ってのも、悪くないと思うんですよ。でも、それがうかうかしていると、「なんのために働くか分からないけど、とにかく働く」という状態に、簡単になるわけです。

その昔、「どうして、高速道路を作るのか?」という質問でシンポジウムが盛り上がったことがありました。地方の自治体が主催していた「文化を考える」なんてタイトルのものです。

目的地に、1時間、早く着くように高速道路を作るのはどうしてなのか? 当然、その浮いた1時間でなにをするのか、が問題になるわけです。

1時間早く着くようにするのは、その1時間で、「本人にとって幸せなこと」をするため、というのがまっとうな答えだと思います。

家族と過ごすのもよし、CDを聞くのもよし、芝居を見に行くのもよし。けれど、うかうかしていると、1時間早く着いたから、次の道路を作る工事を1時間早く始められる、なんてことを日本人は思ってしまう、という話になりました。

働くのは、幸せになるためで、働き続けるために働くのではないわけです。当たり前のことですが、どうも、僕たちは、真面目になり過ぎるんだと思います。

ロンドンのバスは、よく、カード読み取りの機械が壊れていました。ICカードでバス代を払うんですが、これが壊れていて読み取れないのです。つうことは、料金を引かれなくてすむってことで、これは、利用者からすると、丸儲けなわけです。

んでね、バスの運転手さんは、普通の顔で「壊れてるんだよね」と伝えます。んで、こっちは、内心「おっ、しめた。バス代、浮くぞ」とにやりとするわけです（なにせ物価が高いですからね。ICカードで380円、現金だと500円が市内共通のバス料金の1回分なのです!!）。

これが、日本人のバス運転手さんならどうだろうと、いつも思っていたわけです。たぶん、会社のことを思って、心を痛めているんじゃないかと思います。一人二人、見逃すんじゃなくて、その路線のカード利用の客、全員からお金を取れないってことですからね。

つまりは、日本人は簡単に、会社経営者と同化できるんですね。昔の話になりますけど、イラク人質事件（イラク戦争後の2004年4月、イラクに入国した日本人が武装組織に誘拐され、自衛隊撤退などを要求されたが、イスラム聖職者協会の仲介などで解放された）の時は、簡単に政府関係者と同化しましたからね。

自分は、会社経営者ではないのに、「文句ばっかり言ってんじゃないよ」とか「会社のことを考えろよ」とか、普通に言いますもんね。

これも、会社への忠誠心という意味では素晴らしいんですけど、うかうかしていると、「過労死寸前までいっても、文句を言わず、会社の味方になっているサラリーマン」になりますからね。

どうしてなんでしょうね？

イギリスの装置や小道具が、あんまりひどいので、「この国にはまともな職人がいないのか？」とぼやいていたら、プロデューサーが、「鴻上さん、そうじゃないんです。この国には、〝平均〟という考え方がないんです。日本は、例えば、ある作業をやらせると、だいたいの人がうまくできるでしょう。でも、イギリスでは、できない人はまったくできなくて、できる人はとびきりできるんです。その差が激しいんです。できる人は、日本人が真っ青になるぐらいできます。でも、できない人は笑っちゃうぐらいできないんです」と説明してくれました。

「それは、激しい格差社会ってことじゃないですか」と言うと、

「そうです。だから、日本人が、よく、『私は普通です』とか『平均的です』とか言うでしょう。でも、こっちには、そういう『普通』がないんです」と付け加えました。

あなたには、「これが自分の幸せだ」と自信を持って言えるものがありますか？

おいらは、まあ、「仕事にやりがいを感じている限り、幸せだ」とは思っています。でも、幸せってなんだろうと、ずっと考えてもいるのです。はい。

（2007年7月）

過剰なガンバリとキレる大人たち

仙台にワークショップ（表現のレッスンみたいなものね）に行ったのですが、帰り、東北新幹線の中で、隣に座ったサラリーマンの人が、ワゴンを押してきたお姉さんに、「××、1個ちょうだい」と声をかけました。「××」は、よく聞き取れなかったのですが、たぶん、沿線の銘菓だと思います。

お姉さんは、「はい、××、1個でよろしいですか？」とおうむ返しに言いました。その途端、「1個って、言ったじゃないか！　話をちゃんと聞けよ！　バカかお前は！」と、そのサラリーマンの人は叫びました。

僕はびっくりして、体がびくんとしました。お姉さんは、「すみませんでした」とすぐに答えて、「あいにく××は、今、切らしておりまして、後でお届けします」と答えました。サラリーマンの人は、「あ、そう」とだけ返しました。

僕は、ちらりとサラリーマンの顔を見ました。普通の中年の男性でした。

あのお姉さんは、ストレス溜（た）まっただろうなあ、どこかで吐き出すのかなあと、僕は心配しました。

それにしても、普通の人が、突然、「キレる」瞬間に立ち会うと、ドキドキするもんです。

朝日新聞で、「キレる大人たち」という特集をしていました。

それには、「暴行犯行時の年齢別検挙人員の推移」という警察庁の統計が引用されていました。

〃警察庁によると、暴行の動機は各年代とも「憤怒」、いわゆる「キレ」が最も多く、8割前後を占める傾向に変わりはない。しかし、1998年から2006年までの推移をみると、10代がほぼ横ばいなのに20代以上は軒並み増加。60歳以上は約10倍、30代と50代が約5倍と大幅に増加し、実数でも中高年の増加が目立つ〃

と、解説されています。

統計グラフでは、断トツの1位が検挙数約5000人の30代、次に20代、50代、40代とほぼ同じ数が続き、なんと10代は最低の水準、30代の3分の1以下の1500人ほどなのです。

んで、記事に登場するメンタルヘルスの専門家は、「今の職場はかなり抑圧され、一種のあきらめムードが漂っている感じがする」と指摘し、「職場で溜めた不満を、地域や公共の場で爆発させているのではないか」と、不満の対象と怒りをぶつける対象とのズレを特徴にあげています。

新幹線のサラリーマンがキレた時に言った「話をちゃんと聞けよ！　バカかお前は！」という言葉は、じつは、僕は聞きながら、「この言葉はとてもスムーズだ」と感じました。つまり、何回も言い慣れている言葉だと思ったのです。

口癖は、いつも同じ口の形、同じ息の使い方をしますから、だんだんと慣れて、抵抗なく言えるようになります。つまりは、言葉の抵抗感が減るのです。

で、このサラリーマンは、ワゴンのお姉ちゃんに怒りながら、じつは、職場の誰かに怒っているんじゃないかと、僕は感じたのです。

で、思うのはね、なんだか、切ないよね、ということなのですよ。

僕はここらへんのことを、「気配りのファシズム」とか、「空気を読めというファシズム」と呼んでいるのですが、日本人はみんな、ちゃんと働き過ぎなのです。

ただの働き過ぎじゃないですよ。「ちゃんと働き過ぎ」だと思っているのです。ただの働き過ぎだと、ダラダラと働いて、適当にストレスを発散できるかもしれません。でも、「ちゃんと働き過ぎ」ると、どんどんとストレスが溜まるのです。

で、昔と違って、労働運動とか組合とかがどんどん弱くなっていますから、仕事の不満を仕事場で出せなくなっているわけです。

僕のエッセーを読んでくれている人なら、みんな知っていますが、世界のどの列車も、日本の列車のように、毎回、ホームの同じ位置にきっちり止まることはないし、そもそも、分厚い時刻表なんてものもありません。

僕が司会をしているNHK－BS1の『COOL JAPAN』では、日本のJRの時刻表を見た外国人は、例外なく「信じられない！」と叫びます。1ヵ月の列車の運行が、びっしりと書かれた本が前の月に出るなんてことは、世界的に見れば奇跡です。いえ、冗談でも軽口でもなく。

スペイン人の男性は、「スペインでこの時刻表を作ろうと思ったら、8月分の時刻表を作るのに、8月丸々1ヵ月かけてもできないね」と普通の顔をして言ってました。

これはひとつの例ですが、とても象徴的な例で、僕たち日本人は、職場のいろんな空気を読んで、本当にきっちり働くのです。

でもね、きっちり働き過ぎると、やっぱり人間ですから、ストレスが溜まるのです。溜まるのに、きっちり働き過ぎてるから、職場では怒れないのです。

やっぱり、日本人は、世界的にどう見ても、「ちゃんと働き過ぎ」なのです。自殺者も、先進国の中で断トツの1位、ずっと3万人（1998〜2011年）を超していいます（その後はずっと2万人を超しています）。

なんだか、気がついたら、とっても住みにくい国になっているようです。なんでもね、人間が作り上げたものだから、人間がなんとかできるって、僕はものすごくシンプルに思っているのです。

そのためには、まずは、「ちゃんと」しなきゃいけないものと、「ちゃんと」しなくてもいいものを、分けることだと僕は考えています。で、ちゃんとしなくても大した問題にならないものは、ちゃんとしないし、問題にもしないことが大切なんだと思っているのです。


なんでこんなことを言い出しているのかといえば、「みんな息苦しいでしょう？　僕も息苦しいし、あなたも息苦しい。この国は知らないうちに、ものすごく息苦しい国になっちゃったんですよ。それも、みんながサボッたからじゃなくて、ガンバッてしまったからね。だからさ、息苦しさを加速する過剰なガンバリをみんなでやめませんか？」ということなのです。

その昔、「なにがなんでもさ、バカンス、取りましょうよ。日本国民全体がさ、どどーんと1ヵ月ぐらいのバカンス取っても普通だよって思われる国になりましょうよキャンペーン」以来の発言です。

こっちの運動も地道に続けてるんですけど、この「過剰にちゃんとするのやめましょうキャンペーン」も切実だと思っているのです。

ま、僕がこういうことを考えるようになったのは、この欄で何度も書いているNHK－BS1の『COOL JAPAN』の司会を始めたのが大きいのです。

2006年、フランスで、日本文化の祭典、Japan Expoに番組として参加した時のことです。

日本文化が好きなフランス人にたくさんゲストとして参加してもらいました。

彼ら・彼女らと一緒に、日本文化を語っていたのですが、やっぱり、アニメの話なんかで興奮すると早口になります。

会場には、観客としてのフランス人も大勢いたので、同時通訳ではなく、逐次通訳、つまり、日本語を話して、それがフランス語として会場に流れ、で、また日本語でしゃべる、という流れになりました。

経験ある人だと分かると思いますが、ちょっとしゃべって、通訳されるのを待ってまたしゃべる、というのは、無茶苦茶ストレスがたまります。早く次を言いたいのに、強制的に待たないといけないからです。

で、どうなるかというと、だんだん、通訳の時間を待たないで、フランス語が場内に流れている間に、次を話してしまいがちになるのです。常に、フランス語にかぶり気味に話すということです。当然、通訳の人は、いつも急かされることになります。

司会席の正面が通訳ブースだったので、ふうふう言いながら通訳している日本人通訳さんが見えました。彼女たちは、あきらかに悲鳴を上げながら、必死で通訳してくれていました。

と、フランス人の男性通訳が突然、通訳をやめて、「ちょっと待ってよ！　しゃべるの早すぎるよ！　まだこっちは、訳してるんだから！」とフランス語訛りの日本語で叫んだのです。

僕はア然としました。生まれて初めて通訳さんに怒られるという経験でした。

叫んだ中年男性は、「まったく許せない」という顔をして、こっちを睨んでいました。

僕は思わず、「すみません」と謝りました。

横の日本人の通訳さんたちは、苦笑いしながら、それでもホッとした顔をしていました。それは、「この状態を誰かが止めてくれないかなあ」とずっと思っていたという顔でした。

怒られながら、僕は内心、「そうだよなあ」と思っていました。

「国際紛争を解決する緊迫の通訳じゃないんだから、無理なものは無理って言うのは精神衛生上、大切だよなあ」

僕たちは真面目なので、放っておくと、余計な所で過剰にガンバリます。

出張や旅行のたびに、義理でおみやげを買ってくる、なんてのは、間違いなく、「ちゃんとしなくていいこと」のひとつだと僕は思っています。

「時間があいたから、じゃあ、買って帰ろうか」ならまだ分かりますが、現地での時間をかなり無理して、義理みやげ買いに奔走するなんてのは、「息苦しさだけを加速するガンバリ」だと僕は思っているのです。

でも、一人だけがやめると、周りからなに言われるか分からないでしょう。だから、バレンタインデーの義理チョコみたいに、みんなでやめることを普通にすればいいのです。

僕は沢尻エリカさんのつっぱり方（2007年9月、主演映画の初日舞台挨拶で、司会者の質問に不機嫌そうに、「特にないです」「別に」と受け答えしたことが広く伝わり、バッシングを受けた）は実に惜しかったと思っています。

テレビを見ていると、本当にくだらない質問をする人はいます。そういう質問に対してまで、ニコニコして答える必要はないんじゃないかと、普通の視聴者は思っています。だから、例えば作品とは関係のない恋愛の質問だの沢尻会（沢尻さんを中心とする仲間の集まり）だの話に関しては、徹底的に無視したり不機嫌を貫けばいいのです。

けれど、上映初日という仕事の根幹の場所で、作品に対する思いに関しては、どんなに虫の居所が悪かろうが相手が嫌いだろうが、観客に誠実に語らなければいけません。それが仕事というもので、そこは、ちゃんとしないといけないのです。

けれど、作品とは関係のない沢尻会の質問には、ちゃんと答えなくていいのです。

それが、自分を貫くということだと思うのです。

唐突な例でいえば、僕は、御祝儀にはピン札でなければいけないと必死で新札を集める努力が、「過剰なガンバリ」で、こんな小さなことも、いろいろ積み重なって日本全体を息苦しくしていると思っているのです。

（2007年12月）

国が変われば「ちゃんとすること」も変わる

僕が司会をしているNHK－BS1の番組『COOL JAPAN』で、『夫婦』を取り上げました。

んでね、日本人は「なんでも過剰にちゃんとして息が詰まるような雰囲気にしてしまう国民」なんていうイメージがあるんですけど、こと夫婦のさまざまなことに関しては、全然、ちゃんとしてないわけです。

あなたは結婚してますか？　もしくは恋人がいますか？　いる人は、毎日「愛してる」って言ってます？

その人と、毎日、キスしてます？

ね、全然、ちゃんとしてないでしょう、ってあなたの答えを勝手に想像して書いてますけど、たぶん、違ってないでしょう。

で、番組には、イタリア人女性がいたわけです。イタリアもスペインも、ラテン系はだいたいちゃんとしてないイメージですね。ちゃんとしないで、人生を享楽(きょうらく)しているイメージ。

スペイン人の参加者が、「スペインでは、7時のニュースは7時に始まらない」と言った時はのけぞりましたからね。1分とか2分とか、開始が遅れるんだそうです。

いや、いくらなんでもジョークだろうと、スタッフがスペイン大使館に問い合わせたところ（なにせNHKの番組ですから、正確さが求められます）「そういうことは、あります」と普通に答えられたと驚いていました。

日本だと、間違いなく担当者のクビが飛ぶでしょう。

で、イタリアもスペインも、地下鉄は毎日、同じ所に止まらないし（1メートル前後、毎日ズレます）、天気がいいと昼休みの休憩は10分20分は平気で延びて、銀行や郵便局の窓口に担当者がいないことがよくあります。

これはネタで書いているのではなくて、事実だからしょうがない。

日本なら、地下鉄の運転者は再教育に送り込まれるでしょうし、窓口の担当者は何度も続けば解雇となるでしょう。

けれど、ラテン系はオッケーなのです。

で、じゃあ、人生、なんでもちゃんとしてないんだろうと思うと、これがあなた——番組に参加したイタリア人女性は、数ヵ月前、日本人男性と結婚したばかりでした。で、「毎日、愛してる」と言うことは当たり前だと普通に言うのです。もちろん、毎日、キスをするのも当たり前（当然、結婚前から続いてます）。

夫の日本人男性がスタジオに見学に来ていました。なかなかハンサムな若い男性でした。

「大変でしょう」と、完全に同情の声で話しかけると、

「いえ、勉強ですから」と、その男性は答えました。

なんと日本人的な発言でしょう。彼は、「愛し方。愛の表現の仕方。キスの仕方。愛の言葉の使い方」を毎日、本場（？）のイタリア女性に仕込まれながら、勉強を続けているのです。

僕は思わず、「ご苦労さまです」と深々と頭を下げました。「生涯学習」の日本人だからこそ、できることなんじゃないかと、思わず目頭が熱くなりました。

イタリア人女性に、「愛してるって言い忘れたり、もっとひどい場合、結婚記念日とか誕生日とか忘れたら、すぐに離婚ですね」と話を振ると、

「とんでもない。そういう時は、プレゼントをもらうの」と言うのです。

「離婚する時は、私に好きな人ができた時だけ。それ以外は、プレゼントをもらう。それでいいの」

僕はまた、イタリア魂（？）に感動しました。離婚する時は、「夫に好きな人ができた時」とか「犬が浮気した時」ではなく、「自分に好きな人ができた時」なのです。んで、それ以外は、プレゼントで許すというのです。

僕はご主人に「プレゼントだそうですよ」とまた振ると、彼は「はい。もう何回か、渡しました」と答えたのです。

なんでも大雑把（おおざっぱ）とかちゃんとしてないと思われている（いや、イメージですけどね）イタリア人は、恋愛に関しては、じつにちゃんとしているのです。

日本人からすれば、過剰なぐらいちゃんとしているのです。

日本の夫婦やカップルでは、あなたも知っているように毎日、「愛してる」と言ったり、キスしている人は少なくて、じつにちゃんとしてないのですが、細かなことに気を使い、喫茶店に座れば自動的にお水とおしぼりが出てくるという、世界に例のないちゃんとしたシステムを作り出した日本人は、しかし、夫婦のこういうことはちゃんとしてなくても平気なのです。ふう。一気に話すと疲れます。

それどころか、「仕事とセックスは家庭に持ち込まない」という標語（？）まであって、年間セックス回数は、先進国の中では断トツの最下位なのです。こういうことも、ちゃんとしてなくても気にならないんですね。

けれど、イタリア人はこういうことはちゃんとしてないと許せないのです。

「そんな恋愛、大変じゃないか？」と僕は素直にイタリア人女性に言ったのですが、彼女は、

「だって、恋愛にサプライズ（驚き）がなくなったら終わりでしょう。プレゼントというのは、相手に対する素敵なサプライズなの。どんなものでもいいの。サプライズを与えて、ドキドキし続けることが恋愛でしょう」

と言うのです。

なにをちゃんとして、なにをちゃんとしないのかのひとつの見本です。

しかし、毎日、愛してるって言うのはやっぱり日本人には無理じゃないかなあ、と小さくつぶやく私。

（2007年12月）

CIAの「サボり方ガイド」

渡辺千賀（わたなべちか）さんという人の、ものすごく素敵なブログを見つけました。

そこで紹介されていたのは、第二次世界大戦時のCIAの秘密資料で、その名も『Simple Sabotage Field Manual』。「簡単なサボタージュの方法」、つまりは、「敵国内のスパイが、組織の生産性を落とすためにどのようなことができるか、という『サボり方ガイド』」です。

相手にバレないように、組織をダメにするのが、スパイの仕事ですからね。2008年に公開されたそうです（正確に言うと、CIAの前身組織、Office of Strategic Servicesの作成文書です）。

でね、これがもう、唸ってしまうぐらい「的確」なんですよ。

渡辺千賀さんが訳しているものを紹介すると――。
●「注意深さ」を促す。スピーディーに物事を進めると先々問題が発生するので賢明な判断をすべき、と「道理をわきまえた人」の振りをする。

●可能な限り案件は委員会で検討。委員会はなるべく大きくすることとする。最低でも5人以上。
●何事も指揮命令系統を厳格に守る。意思決定を早めるための「抜け道」を決して許さない。
●会社内での組織的位置付けにこだわる。これからしようとすることが、本当にその組織の権限内なのか、より上層部の決断を仰がなくてよいのか、といった疑問点を常に指摘する。
●前回の会議で決まったことを蒸し返して再討議を促す。
●文書は細かな言葉尻にこだわる。
●重要でないものの完璧な仕上がりにこだわる。
●重要な業務があっても会議を実施する。
●なるべくペーパーワークを増やす。
●業務の承認手続きをなるべく複雑にする。1人で承認できる事項でも3人の承認を必須にする。
●全ての規則を厳格に適用する。

……というようなものです。

どうですか？　これが、ＣＩＡの前身組織が、「敵国の組織をダメにするために実行しろ！」と定めたマニュアルの一部なのです。

今、日本でこのマニュアルに当てはまらない組織は本当に少ないと思います。大企業やお役所になればなるほど、ずっぽりとこのサボタージュ・マニュアルを実行しているはずです。

僕は自由業なので、「可能な限り、案件は委員会にして、最低５人」という記述に、特に唸りました。

企画会議や製作者会議なんてのは、５人以上になると訳が分からなくなって、間違いなく、失敗するか平均を取った凡庸でつまらないものになるのです。けれど、みんなそれが一番いい方法だと信じているのです。

大企業なら、みんな真剣に「注意深さを促す」ことや「業務の承認手続きをなるべく複雑にすること」に集中しているはずです。

お役所なら、これまた熱心に「指揮命令系統を厳格に守る」とか「組織的位置づけにこだわる」なんてことを積極的に進めているはずです。まったくの正当性を持って、少々の不自由さは感じても、組織をダメにしようなんて明確に思いながらやってる人はいないと思います。

僕は、あんまり感動したので、このページのＵＲＬを張り付けてツイッターでつぶやきました。

続々と「こ、これは俺の会社じゃないか！」というツイートが返ってきました。

僕は、答えました。

「そうですか。それなら、あなたの会社には、ＣＩＡのスパイがいるんです！」

さあ、あなたも社内に紛れ込んでいるＣＩＡのスパイに苦しめられているのなら、このページをコピーして、ＣＩＡのスパイの机の上にさりげなく、置きましょう。

「お前のたくらみはまるっとお見通しだぜ」と、メモを残したら筆跡でバレるかもしれないので、ただ、このコピーだけを、置きましょう。

大丈夫だ。おいらが、代わりに言ってあげる。

「組織をダメにするために、密かにサボタージュ・マニュアルを実行しているお前！　お前がＣＩＡのスパイだということは、こちとら、まるっとお見通しだからな！」

（２０１５年10月）

休憩時間とノンアルビール

職場の休憩時間にノンアルコールビールを飲んで出勤停止になった30代半ばのOLさんの話題がネットで盛り上がっています。

上司に「会社で就業時間中に飲むものじゃないな」と1時間以上説教をされ、「出社しなくてよいから家で反省文書いてこい」と出勤を拒否されたとネットの掲示板に書きました。

OLさんは、「休憩時間中に飲んだんだから全くOKだと思うんですが、就業時間中にノンアルコールビール飲むってダメな事なんでしょうか?」と疑問を投げかけました。

そのまま、ツイッターでも紹介されてましたが、コメントはほとんどが「ダメでしょう」「非常識」「信じられない」という批判でした。

あたしゃ、この反応に愕然(がくぜん)としました。

「仕事する場では節度ある行動をすべきだという暗黙の了解がある」とか「なぜ勤務中にアルコール気分を味わう必要があるのか」とか「スーパーなどで、ノンアルコールはお酒コーナーにありますよね。だからそういう扱いです」とか「ずいぶん緩い（だらしない）会社だなと思われる」とか批判・否定コメントのオンパレードでした。

みんな、すっごく真面目ですよねえ。そして、社長と同じ立場で会社のことを考えてるんですよね。

こんなに「日本人らしさ」が爆発している現象もないでしょう。

ノンアルコールビールですよ。ビールって書いてるけど、つまりはノンアルコールです。なおかつ、休憩時間ですよ。

このOLさんは、上司に注意された時、「ノンアルコールビールです。本物ではありません。間違えちゃいました？」と答えたと書きます。最後の一文は、器の小さい上司なら、間違いなくカチンと来ますね。

このOLさんが、普段から反抗的だったり、我が道を行く人なら、余計、ネチネチと文句を言いたくなるでしょう。

でもさ、なんで、圧倒的多数の日本国民が（と大きく書きますが）、ノンアルコールビールを職場で休憩時間に飲むことを批判しないといけないんでしょうか。

職場固有の問題はあると思います。

このＯＬさんと上司はたぶんコミュニケイションが円滑に行われてないでしょう。だから、「なんでビール⁉」と上司は怒り、「間違えちゃいました？」と、無意識に（または無邪気に）返してしまったのです。

挑発的な意味を分かって「間違えちゃいました？」とは言ってないような気がします。そういう人なら、上司との戦いは別のレベルになっている気がするからです。

だから、ひとつは、この職場のこのＯＬさんと上司の問題です。他の職場で、ノンアルコールビールを飲んでいるＯＬさんがいて、コミュニケイションが円滑なら、上司がさらっと「それは？」と聞き、「あ、これ、ノンアル」ですむ話です。

でも、圧倒的多数の日本国民は、基本的に、そして原則的に職場でノンアルコールビールを飲むことを非常識とするのです。

ノンアルコールってさらっと書いてますけど、基本的にソフトドリンクは全部、ノンアルコールですからね。休憩時間に、僕達はノンアルコールコーヒーやノンアルコールコーラを飲んでるんですからね。

欧米では、昼食時にビールやワインを飲む光景は日常です。どれぐらい飲んでも仕事できるかは、以前、日本で流行った「自己責任」です。アルコールを軽く飲んだことで、気分転換になって仕事がはかどるかどうかも、「自己責任」です。

日本では「職場の雰囲気を考えろ」と突っ込まれます。これは「自己責任」の問題ではありません。これは自己ではなく、管理職の目線です。

話はいきなり飛びますが、外国からやってきたほとんどの演出家は、日本人の俳優はとても演出しやすいと言います。自分の国では、俳優にある演技を求めると、必ず「どうしてそういうことをするのか？」と質問責めにあい、なかなか納得しなくて苦労するそうです。でも、日本の俳優は「演出家さんはそうして欲しいんだ」と先に考えてくれて、「演出家の立場を慮(おもんぱか)って」文句を言わないのです。

自己よりも一番偉い人を思いやるのです。つまり自分の気持ちより、演出家とか社長さんや管理職の気持ちを一番大事にするのです。


（２０１７年６月）

働く母親の料理の一手間

イオンが「一家だんらん」のCMから、惣菜や生鮮食品を充実させた「夜市」のCMにシフトさせたとニュースになっていました。

「仕事帰りの母が娘の手を引いて、メンチカツを手に取る。家で食卓に並べれば娘も夫もにっこり笑顔」とか、「仕事を終えてイオンに立ち寄り、レンジでチンするだけのカレーを買って自宅で食べるサラリーマン」というCMです。

「母親がイオンの安売りで賢く食材を買い、料理をし、家族全員で夕飯を囲む」というCMは幻想を描いているんじゃないかという社内の声が始まりだそうです。

子供と共に惣菜を選ぶというのは、現在では全然珍しくないですが、CMとして打ち出すのは、なかなかに勇気がいると思います。

僕は、ちょっと前、朝日新聞に食に関するエッセーを書きました。

それは、共稼ぎだった母親の思い出です。

教師だった母親は、ブラックという意識もない時代でしたから、本当に夜遅くまで学校で働いていました。

結果、食卓には、スーパーの惣菜が並びました。

お前のソウル・フードは何かと聞かれたら、スーパーのちらし寿司とコロッケです。

インスタントラーメンもよく食べました。

ただし、母親は惣菜を買ってくると必ず、一手間、足しました。

といって、たいしたことではありません。

コロッケを買ってくると、キャベツを千切りにして横に添えました。

天ぷらの惣菜を買ってくると、天ぷらうどんにしました。

お刺身の場合は、プラスチックのトレイから、お皿に移しました。

子供にとって、それだけで、それは「スーパーの惣菜・刺身」から「母親の料理」になったのです。

僕には、なんの不満もありませんでした。

それはなによりも、母親が教師という仕事に充実していることが感じられたからです。

母親は家事をしたくないから、スーパーの惣菜や冷凍食品を買ってくるのではなく、仕事が忙しく、そして満足し、働きがいを感じているから、こうしているんだと思っていました。

だから、惣菜やスーパーのちらし寿司が続いても、まったく問題はありませんでした。

そして、母親の一手間が「母親の料理を食べている」という気持ちにさせてくれました。

もし、母親がスーパーの惣菜をスーパーのトレイのまま食卓に出していたら、母親の料理とは子供心に思わなかったかもしれません。でも、母親はちゃんと、一手間、加えていたのです。

というような文章を朝日新聞に書いたら、驚くほどの反響がありました。

全員が働く女性、母親からでした。

思わず、読んで涙ぐんだというメールをたくさんもらいました。

スーパーの惣菜や冷凍食品を出すことに罪悪感を感じている母親達でした。多くの働く母親達から、「救われた」「ありがとう」「泣きました」という熱烈な反響がきました。

僕は驚きました。

日本の現状は、まだここなんだと思ったのです。

スーパーの惣菜で育った人間が言いますが、それで健康を害したことは一度もありません。ちゃんと成長したと思います。身長・体重も人並みですし、これと言った持病もありません。

なのに、真面目な母親達は、惣菜とか冷凍食品を出すことに、いまだに心理的な抵抗があるのです。

もしここに「仕事しながら手作りの料理を出すことにこだわって疲れ切った母親」と「自分の仕事に生きがいを感じ、そのためにちゃんと手抜きをしている元気な母親」がいたら、子供としては、どちらが嬉しいか、どちらの母親を好きになるか、分かりきっていると思うんですけどね。

でも、例えば、夫が手料理じゃないと許さないとか、同居している義母がうるさいとか、惣菜を買う自分を自分で許せないとか、そんな理由で苦しんでいる人がいると思うと、哀しいなあと思います。

イオンのＣＭが、そんな日本の風土を少しでも変えられるのなら素敵だと思うのです。

（２０１８年12月）

2 「迷惑」について

「世間体」の正体

あまりにも息苦しいのなら、この国を出ることを勧めたりします。

語学で苦しむことを前提に、淋しさにのたうち回ることが分かっていても、それでも、この国の息苦しさに耐えられないなら、とっとと海外に出たらと言います。

それは、海外で生活する日本人の多くが、この国を脱出して、「淋しいけれど、出てよかった」と語るからです。僕は、海外に出るたび、そういう日本人にたくさん会いました。

動機は、ほぼ、みんな同じです。

「日本という国が息苦しいから」

これだけです。

脱出の方法の見つけ方は、さまざまです。ただもう、この国が嫌で単純に飛び出た人もいれば、なにげない観光旅行で海外を回っているうちにあまりにも楽で自由になっている自分に気づいて衝撃を受け、とっとと飛び出した人もいます。

うっとうしいと感じるかどうかは、言ってしまえば、個人差です。

オランダで会った女子大生は、日本の短大時代、短大生になっても、食事やトイレでグループ行動を要求する周りと、それを断固拒否できない自分に、ほとほと疲れ切ったと言いました。

シカゴで働いている女性は、建前だけが男女機会均等のふりをして、本音ではあっけらかんと差別されていて、それが当然だとみんな思っている会社がほんとうに苦手だったと語りました。

みんな、この国の〝システム〟に対して疲れ切っていたり、苦手だったり、嫌いだったりします。

決して、戦ったり、抗議したり、声を上げて日本を脱出したのではありません。

息苦しいと感じるかどうかは、本当に個人差です。

「そんなに嫌なら、この国を出て行けよ。こんなに安全で清潔な国はないんだから」と言われれば、「はい、そうです」と答えるしかないのです。

けれど、感じる人間は感じるのです。

僕にとって、それは、例えば、テレビショッピングの女性が語る「今日は、〜を紹介させていただきます」という「過剰なへりくだり」です。ジューサー・ミキサーを紹介させていただいて、搾ったジュースを飲ませていただいて、電話番号をご案内させていただく、という言い方が、いつの間にか、定着しています。

満面の笑顔の女性が、「今回に限り、送料、無料とさせていただきます」と、いただき続ける口調は、どう考えても異常なのです。

日常では、「ここで、休憩を取ります」とは、言えなくなってきています。ほとんどの場合は、「ここで、休憩を取らせていただきます」です。

「いただく」と言わないと、「誰の許可取って、休憩にするんだよ？　俺は許可してないぞ。休憩を取るって言うなよ。取らせていただきますって、ちゃんとへりくだれよ」

と、突っ込まれるとは、間違いなく、誰も思っていません。

思っていませんが、絶対の自信はありません。どこからか、突っ込まれるかもしれないという、根拠のない恐怖だけはあります。テレビショッピングなんていう、どこからも突っ込まれたくない番組では、だから、満面の笑顔のまま、根拠のない恐怖から逃げ続けようとするのです。

〝根拠のない恐怖〟を、日本では〝世間体(せけんてい)〟と言います。

普通の日本人は、この〝根拠のない恐怖〟と、なんとかつきあっていきます。けれど、真剣に向き合えば、息苦しくなるのは、当たり前だと僕は思っています。

「世間のみなさまにご迷惑をかけました」

と、イラクで人質になり、無事解放されて帰ってきた3人は言いました。あなたは、具体的に、どんな迷惑をこうむりましたか？

僕はこうむっていません。なんの迷惑も、この3人から受けていません。何億という税金が使われたというなら、3人の前に、有明海の諫早湾(いさはやわん)干拓をはじめとして、ムダな公共事業の名前をひとつひとつ挙げて、関係者にちゃんと謝ってほしいと思います。

3人の家族が、もし、初めから〝世間体〟という〝根拠のない恐怖〟を知っていたとします。

「バカ息子、バカ娘は死んでもかまいません。恥ずかしいです。どうか村八分にしてください」

一番最初に、そうコメントしていたら、「自己責任」だの「自己負担」だのと政府は言い出さなかったし、国民も同調して盛り上がらなかったと、僕は断言します。

一般の国民には、紛争地でのボランティア活動もＮＧＯも、なんのリアリティーもありません。戦地では、外務省筋より、ＮＧＯの方が、はるかに人脈と情報を得るようになっている昨今の現状を知りません。

イメージできるのは、海や山での遭難までです。好きで行ったんだから、自己責任だろう、自己負担だろうという論理しかありません。

それでも、山での消防庁の救援活動も、海での海上保安庁の救援活動も、無料です（有料化の動きは、一部にはありますが）。それは、国民に対する仕事だからです。そして、僕達は、タックス・ペイヤーだからです。

けれど、遭難からの記者会見では、「世間の皆様にご迷惑をおかけしました」と語ることが、常識・義務になっています。

「関係各位にご迷惑をおかけしました」とだけ言っては、許されない状況になっています。

それでもマスコミは世間のみなさんがどれだけ心配したと思っているんですかと、必ず追及します。

その映像を見るたびに僕は、「みんな本気なんだろうか？」と思います。

ずっと冗談だと思っていました。けれど、気がつけば、マスコミの人は、本気で国民に心配をかけたとか、世間の人を嫌な気持ちにさせたとか思っているようです。

「自己責任」も「自己負担」も論理的な結論ではありません。

それはただ、〝世間様〟の逆鱗（げきりん）に触れただけです。

（2004年4月）

飲酒可車両が生まれる日

大阪に仕事に行って、帰りの新幹線の中で、たこ焼きと肉まんを食べるのが至福の時間でした。

それが2017年夏、いきなり、新大阪駅改札内で販売されている「たこ家道頓堀くくる」のパッケージに、「新幹線車内および駅構内でのお召し上がりはご遠慮願います。空き容器は店内のくずもの入れにお捨て願います」という注意書きシールが貼られました。

最初、このシールを見た時は凍りました。新幹線の中でたこ焼きの臭いがするのがダメなのかなあ、しょうがないなあ、と駅のホームで出発前までの短い時間に必死であふあふしながら頬張りました。口の中を若干火傷しながら、もう一度シールを見ると、「駅構内でのお召し上がりはご遠慮願います」と書かれていることに、あらためて気付きました。ということは、ホームでもダメじゃんとひりひりする口で気付きました。

でも、車内で隣の人が文句を言うのはまだ分かるけど、屋外のホームのベンチで食べるのがどうしていけないのと、臭いは風と共に消えていくよと、猛烈に悲しい気持ちになりました。

そもそも、買って食べないままずっと車内に置いておくと、臭いが長時間にわたってずっと出続けないかと心配になりました。

ネットの記事によれば、それは「くくる」さんの決断ではなく、ＪＲ東海からの要請だそうです。

で、ＪＲ東海さんの言い分は、もうこれは当然ながら、「車内でたこ焼きを食わすな。禁止しろ！」という臭いに対するクレームの電話があったからだということだそうです。

昔は、新幹線の中で「たこ焼き」が売られていました。１９８０年代です。けれど、今、新幹線の中ではたこ焼きは食べられません。

そして、衝撃的なネット記事「ＩＴｍｅｄｉａ　ビジネスオンライン（窪田順生、２０１８年3月13日）」を見つけました。

なんと、「５５１蓬萊（ほうらい）」の豚まんが問題になっているというのです。

「５５１蓬萊」の豚まん、美味しいですよね。ホカホカをあふあふと食べれば、幸せを感じますよね。

でも、「豚まんのように強烈な臭いのするモノを車内で広げられたら、気分が悪くなる人もいるし、目的地まで眠りたい人の邪魔になる」とか「食欲がそそられるので、『豚まんテロ』」と、新幹線の車内で食べることは重大なマナー違反で、禁止すべきだという声が上がっているというのです。

現在、「くくる」さんは、改札内のお店なのでJR東海さんの指導に従い、「551蓬萊」さんは駅構内なので、JR東海直接の管轄ではないことが、「ご遠慮願います」というシールのあるなしを分けているようです。

でも、ニュースサイト『しらべぇ』がJR東海に問い合わせたところ、「駅弁や豚まんなど『シールがないもの』については一概にはお答えできませんが、周囲からご意見があった際は、ご協力いただくこともあるかもしれません」とその可能性を否定しなかったそうです。

つまりは、「クレームがあったら、豚まんも駅弁も禁止にしますから」ということです。もう、お客様の声が一番なんですね。

「社会」と「世間」の違いをよく分かってない日本人は、クレームに対してとても弱いです。どんなTVCMも、クレームの電話数本でオンエア中止になります。

お客様は神様だから、その言葉は「世間」様の声で、従うべき身内の指摘だと思うのです。

でも、それは「社会」の声です。神様ではなく他人の声です。客観的に分析し、実証し、判断するべきデータなのです。

いったい、一日、何人の人が「たこ焼き」を新幹線に持ち込み、何件の苦情があったのかを調べるべきなのです。

それが、例えば１割なら無視してはいけないと判断します。でも、１日５０００人がたこ焼きを持ち込み、３人の人が苦情の電話をかけてきたら、割合は０・０６％です。それは逆に問題にしてはいけない数字だと思います。

最近は、「隣で酒を飲まれると、臭いが漂ってきて不愉快だという人が出てきた」そうです。

たこ焼きから豚まん、そして、駅弁、お酒とどんどんクレームと共に新幹線はクリーンになっていくのでしょう。コーヒーの臭いが不快な人もいるでしょう。そういう人のクレームにも、ＪＲ東海さんはやがて対応していくのでしょうか。

担当編集者の鈴木さんが、「いずれ、『飲酒可車両』とかできるんじゃないかと思いますね。心おきなくタコ焼きを食べられる車両。それで、他人の食べもののニオイがイヤ、子供が泣くのもイヤ、酒飲みもイヤという人が乗る『不寛容車両』も作ればいいのにw」というメールをくれました。

なんてするどい。たしかに、JR東海さんは「たこ焼きの臭いに対するクレーム」に対して、誠実に対応して禁止にしたわけですから、これから増えていくであろう、お酒や駅弁の臭いや子供の泣き声に対するクレームにも誠実に対応するでしょう。

しかし、子供の泣き声に関しての、日本のお母さんの気の使い方は、痛々しいくらいです。

バスでも電車でも、子供がちょっとした声を上げると「しっ！　静かにしなさい」と叱ります。それで、静かになるなら、子供ではありません。小学校に入るぐらいなら、物事の分別がつく奴もそれなりに出てきますが、保育園・幼稚園のガキんちょに、「声を出すな。音をたてるな」と強制することは不可能です。

まして、赤ん坊に「泣くな」というのはありえません。でも、泣き始めると、母親は真っ青になって周りに気を使います。座っていては泣き止まないから、通路を歩いたり、車両の間に立ったり、見ていて胸が痛くなります。

僕は「子供が騒ぐ（泣く）に任せて放っている日本人親」より「子供が騒いだり（泣いたり）すると、オロオロして、周りに気を使い、子供をきつく叱り続けている日本人親」の方をたくさん見てきました。

海外では、子供が泣いても「子供は泣くもんだ」と自然にしている親をたくさん見ました。オロオロと立ち上がり、通路を歩き、「すみません。すみません」と謝り続ける親を見た記憶がありません。

やがて、日本ではクレームの結果、「子供不可」という車両が生まれるかもしれません。

じつは、世界で車内の携帯電話を禁止している国はほとんどありません。本当は日本以外ゼロと言いたいのですが、中に、地下鉄はダメとかバスはダメという国がほんの少数あります。

この規則は外国人からすると意味不明です。「うるさいから」というのなら、車内で大声で会話している二人組はうるさくないのか、迷惑なのにこれは禁止しないのか、という議論に当然なります。

一度、「電話は相手の声が聞こえないから意味不明の会話にしかならない。それが聞いていて不快なんだ」と説明している人がいました。そんなの、二人いてとんでもない会話を聞く方がもっと不快です。

以前、電車の中で、おばちゃん二人が、「日野の2トントラック」のTVCMに出ていたリリー・フランキーさんの話をしていました。おばちゃんは当然のようにリリー・フランクさんと言い、もう一人のおばちゃんが、「違うわよ、あれは吉田鋼太郎さんよ」と訂正し、フランクのおばちゃんが「あら、芸名変えたの？」と驚き、もう一人のおばちゃんが「本名にしたんじゃないの？　日本人だからいつまでもリリーじゃダメよ」とメデタシメデタシという顔で答えました。

二人の目の前でシートに座っていた僕は、「二人とも違う！」と、もう少しで叫びそうでした。

車内でどんなにトンチンカンなことを話してもいいのに、どうして携帯はダメなのか、というのは、理窟では説明できません。

唯一できるとしたら、「日本人は静かな環境が好きなので、本当は電車の中では話してもいけないんだ。やがて、電車では沈黙することがマナーになるだろう」という言い方でしょう。これなら、一応論理的に矛盾はしていません。

そういう車両を表向きは「クリーン車両」なんて言うようになるんじゃないかと思いま

す。

でも、それは裏からいえば、編集鈴木女史が言ったように「不寛容車両」です。この言い方、すごくいいです。自分が不寛容であることを周りに宣言してるんですからね。もうクレームに誠実に対応するなら、これしか方法はないと思います。

僕はうるさくて、臭いがあっても我慢します。「不潔車両」別名「寛容車両」で「くくる」のたこ焼きも、「551」の豚まんもたらふく食べたいと思います！

（2018年3月）

〝他人に迷惑をかけない〟という頑なな信念

朝日新聞の記事に以下のようなものがありました。

終電まぎわのＪＲ長崎線の電車に乗っていた男性の耳元に聞こえてきた小声の会話です。

「病院まで遠い……」

「さいごの会話に……」

近くに座っていた60代くらいの男女。夫婦だろうか。２人で携帯電話を見つめている。

「電話した方がよかよ」

「迷惑になる。駅に着いてからでよかやん」

せかす妻。周囲を気にする夫。（中略）２人の声も少しずつ大きくなった。

「意識がなくても耳は聞こえるって。おとうさん、待っとるよ」

「列車だから、かけられんやん」

夫の父親が危篤（きとく）で、駆けつけようとしている。でも間に合わないかもしれない。そんな状況が伝わってきた。どうぞ電話してください、と話しかけようか。いや余計なお世話かもしれない。でも――。

新聞記事によれば、男性は、緩和ケア病棟の看護師として何人もの患者を看取り、最期に間に合わなかった家族の姿も見てきた人でした。だからこそ、やっぱり声をかけようと思って立ち上がろうとした時――。

40代くらいの女性が夫婦に近づいた。

「電話した方がいいですよ」

周りの乗客も、大きくうなずく。

夫は携帯を耳にあてた。

「お袋、親父の耳元に携帯ば置いて」

それから、一気に話し始めた。

「親父が一生懸命働いてくれたから、俺たちは腹いっぱい飯が食えて、少しもひもじい思いばせんかった。心配しないでよかけん」

ありがとう、と語りかける言葉も聞こえてきた。電話を切った夫は下を向き、泣き声をこらえる。その肩を、妻がさすっていた。

しばらくして駅につくと、夫婦は周囲に頭を下げて降りていった。入れ替わりで乗ってきたのは、ほろ酔いの若い数人。車内が急に、にぎやかな空気に包まれた。

記事は最後に男性の思いとして、「『ひもじい』という言葉が耳にのこる。戦後の厳しい時代に育ててくれた父親への感謝だったのだろうか。『その声は届いたはず』。たまたま乗り合わせた自分が、見知らぬ誰かの最期を思う。車内みながそうだったように思えた。停車中に流れ込んだ師走の冷気は、いつの間にか消えていた」と締めくくられています。

電話をしたことは本当に良かったことです。

その部分は心底、ホッとしました。

でも、僕は全体として、この記事を読んでとても哀しくなりました。

電話をためらった60代の男性はきっと真面目な人なんだと思います。「他人に迷惑をかけない」ということを人生のモットーにしてきたのだと思います。

そして、その信念は、自分の父親との最後の会話よりも大きいのかと僕は愕然(がくぜん)とするのです。

この60代の男性が特殊ではないと思います。なぜなら、「電話した方がいいですよ」と声をかける女性に日本人はみんな感動するからです。僕は思わずジーンとしました。あなたもじゃないですか？

それはつまり、この60代の男性の葛藤が理解できてしまうからです。

いったい、自分の父親の死に目を差し置いても優先しなければいけない「迷惑」とはなんなのだろうかと思うのです。

けれど、日本人は「人に迷惑をかけない人間になれ」という呪（のろ）いの言葉を小さい頃から言われ続けるのです。

「日本世間学会」の研究者で、刑事法学が専門の佐藤直樹（さとうなおき）さんは「本当は『犯罪を犯さない人間になれ』と言わないといけないんだよね。でも、日本では殺人事件がヨーロッパの3分の1、アメリカの17分の1だから、そもそも、犯罪が少ないんだよ。だから『迷惑』なんて言ってしまうんだ」とおっしゃいます。慧眼（けいがん）だと思います。

コロナに感染したことも世間では、「迷惑をかけた」ことに分類されます。無条件で謝らないといけなくなります。地域によってはまさに犯罪者のように感染者の名前が突き止められます。みんなでお互いの首を絞め合っている状態だと僕は感じます。

（2020年8月）

新型コロナ感染者への攻撃はなぜ起こるのか？

前述した「日本世間学会」の代表である佐藤直樹さんと対談しました（佐藤さんとの対談は『同調圧力』（講談社現代新書）という本になりました）。

佐藤さんは、九州工業大学の名誉教授で、僕が「世間」と「社会」にこだわるずっと前から、「世間」について考察されてきた方です。

コロナによって、僕がずっと追究している「世間」や「同調圧力」が凶暴化していると感じ、緊急対談をお願いしたのです。

佐藤さんと対談してなるほどと思ったのは、「社会」と「世間」の違いについて、「社会」は「法のルール」によってコントロールされている、ということです。

「社会」は、自分と関係ない人達の集まりですから、ちゃんと法が支配しないと「万人の万人に対する闘争（ホッブズ）」になるというのが歴史の証言です。

「世間」は、自分と関係のある人達の集団ですから、「法のルール」ではなく、「気持ち」とか「絆」「おもいやり」「情」などがルールになります。

で、「社会」がほとんど存在せず、中途半端に壊れた「世間」に生きている私達日本人を強く縛るものは「法のルール」よりも、「思い」とか「つながり」になっています。

日本では、殺人事件がヨーロッパの3分の1、アメリカの17分の1で、犯罪がそもそも少ないから、「犯罪をおかすな」ではなく「迷惑をかけるな」が世間のルールになることは前項で書きました。

その結果、コロナ禍で何が起こるかというと法律とは無関係に、「私的警察」が力を持ってしまうということです。

２０２０年7月29日、岩手県で最初の感染者が出たと発表された時は、感染者の勤め先やネット上に中傷や差別発言が相次ぎました。

会社に電話したり、直接来社して、「名前を教えろ」とか「クビにしろ」と言ったり、ネット上に感染者の名前、住所を特定して発表しようとする人達です。

岩手県の達増拓也知事は感染者が出る以前から、「第1号になっても県はその人を責めません」「感染者は出ていいので、コロナかもと思ったら相談してほしい。陽性は悪ではない」と呼びかけていました。

「陽性第1号」になることを恐れて、県民が相談や検査をためらうことを心配したのです。

感染者が出た後、知事は、会見で中傷発言に対して「犯罪にあたる場合もある。厳格に臨む意味で、（中傷に対しては）鬼になる必要がある」と強調しました。

知事の発言はじつに当然です。でも、犯罪になるかどうかを判断するためには、この国では「鬼になる」必要があることかと思うと、暗澹たる気持ちになります。

「法のルール」は、明確です。裁判所で裁かれて、罰金の金額や収監の期間が数字で出ます。

法治国家であるかぎり、当事者が全く知らないうちに、罰金が増えたり収監される期間が倍になったりはしません。

でも、世間のルールである「情」とか「絆」には、明確な罰金も刑期もありません。謝り方、つぐない方も明確ではないのです。

明確ではないのに、確実に罰はあるのです。「世間」から遠く引っ越すか自死するしか、この強力であいまいな罰から逃れる方法はありません。

普段は、人間関係に「法のルール」を持ち出すと、「水臭い」とか「大仰な」なんて言われます。

けれど、コロナ禍のような非常時では、明確な基準がないまま忖度し、「情」だけをルールにすることは本当に危険なのです。

いつ、自分が「攻撃される側」に回るか、明確な基準がないのですから。

「法のルール」は明確にあります。この一線を超えたら犯罪者だという基準です。

もし、裁判官が「今日は気分が悪いので厳しめの判決を出します」なんて言ってたら、この国は大混乱に陥るでしょう。

けれど、「世間」のルールは、誰かの気分で犯罪になるのです。誰かの気分で中傷され、ネットに書かれ、ビラを撒かれるのです。

感染者の名前を特定してネットにあげる、なんてのは間違いなく犯罪です。法で厳しく裁かれるべきです。

各地の感染者に攻撃をしている人達は、世間のルールをどんどん厳しくしていって、将来の自分の首を自分で絞めているのです。

（2020年8月）

3 「責任」について

自己責任とラテン大阪

『週刊新潮』という人の悪意を活字にした週刊誌を、僕は毎週買っているのですが、んで、悪意を活字にしたことと面白いかつまらないかは関係がないのですが、この雑誌に、渡辺淳一（わたなべじゅんいち）さん（1933～2014年）のエッセーが連載されています。

僕は渡辺淳一さんの小説は読んだことがなく、イメージは、〝元気でエッチな初老〟なんていう失礼なものなのですが、じつは、渡辺さんのエッセーにうなずくことが多いのです。

今回も、じつは僕が書こうと思っていたことを渡辺さんが書いていて、「そうなのですよ！」と叫んでしまいました。……『失楽園』読んでみようかな。

というつぶやきはさておいて、何に「そうなのですよ！」なのかといえば、阪神優勝の戎橋のダイブ禁止フェンスと通行止めの警官のことなのです。

渡辺さんは、なんでそんなことをするのか、「飛び込みたい奴は飛び込め！」と単純に言い放っています。

はい、私もそう言いたいのです。

２００３年の時のダイブでは、５３００人が飛び込んで、１人が死んだそうです。なので、戎橋の上に、高さ３メートルのフェンスを作って、そのうえ、警官２５０人を配置して、警備にあたったそうです。

今年（２００５年）の阪神は、相手がどこだろうと（現時点ではわからないのですが）日本シリーズで勝ちます。日本一になります。だから、また、３メートルフェンスと数百人の警官は登場することになるのでしょう。

もちろんね、飛び込んだ人たちが、周りの商店街にものすごく迷惑をかけているというのなら、警官の皆さんは商店街を守るべきです。でも、飛び込む人たちを阻止すべきじゃないだろうと真剣に思うのですよ。

だって、大阪ですよ。日本のラテン、大阪ですよ。漫才師とヤーサンと元気なオバチャャンしか歩いてないと思われている大阪ですよ。

一つ目の理由は、「祭りには死者がつきものだ」ということです。リオのカーニバルでは、毎年、数百人が死んでいます。もちろん、祭りそのものではなく、ドラッグだったり、急性アルコール中毒だったりします。けれど、生を謳歌する祭りには、死がつきものなのです。今でも僕は覚えていますが、子供時代、新聞に「今年のリオのカーニバルの死者は、150人と少なく、警察当局はほっと胸をなでおろしている」という記事が載っていました。ホントです。

だからね、2003年に死者が出たとしても、祭りなんですから、フェンスなんかいらないんです。

二つ目の理由は、そこが大阪だからです。何度も書きます。日本のラテン、大阪は、日本の希望なのです。

大阪出身者で作られた軍隊、「第八連隊」は、アジア・太平洋戦争で負け続けたという話があります。「またも負けたか、八連隊」という言い方で知られました。

大阪人は、「突撃ー!」と命令されても、「なにを言うてまんねんや。相手は機関銃でっせ。死にまんがな。ムダな突撃したらあきまへんがな。死んでどないしますのや」と逃げたので、負け続けたという話です。

悲壮なバンザイ突撃の正反対の感性です。「生きて虜囚の辱めを受けず」の正反対です。なんとも素敵な話だと思いませんか。

じつはこの話は残念ながら、俗説です。西南戦争の時、大阪人で作られた第八連隊が、薩摩との戦いで最初は怯えて逃げた、というのが噂の始まりです。

その後は、どんどん強い軍隊になりました。それでも、この俗説は生き続け、戦後、かなりの月日がたっても、第二次世界大戦の時に第八連隊所属だった人が、「我々は決して負け続けていない。第八連隊が弱いというのは、間違いである」と新聞に投書していました。この記事も僕は読んだ記憶があります。

俗説でありながら、しかし、大阪人は、その噂を否定せず、自分達の弱さを愛した、と僕は信じているのです。

それは、ムダな突撃、ムダな玉砕、ムダな全滅を拒否した結果です。国家の規範に対する個人の感性のギリギリの保持です。

国家がどう命令しようと、本音の部分では、「機関銃に日本刀で突撃して勝つわけないやないか。バンザイしながら死んで、それでどないっちゅうねんや！」という生身の人間の声を守るために、「大阪出身の第八連隊は弱い、逃げる、負け続ける」という伝説を、大阪人が率先して守った、と思うのです。「これからも、わてらは、ムチャな突撃を命令されたら逃げまっせ！」と国家に宣言するために。

だからこそ、戎橋から飛び込むか飛び込まないかは、大阪では個人の問題なのです。国家の問題ではないのです。

そして、三つ目の理由は、それは「自己責任」だろうということです。

これが、一番、大きな理由です。

日本人は、イラク戦争によって、死ぬかどうかは「自己責任」だと決めたはずです。国家の渡航自粛勧告を無視してイラクに行ったら、殺されても「自己責任」。誰にも文句は言わせない。遺体を運ぶカネも、国家ではなく、遺族が出すべきだ。そういう国になったはずです。

だからこそ、興奮して戎橋から飛び降りて死んでも、それは「自己責任」です。

こんな時だけ、興奮したファンを徹底的に保護して、イラクの国家の勧告を無視した人質は関係ないとするのなら、「自己責任」という言葉の真の意味は、「国家に楯突いた人間の保護の放棄」ということだけになってしまいます。海外では「自己責任」、国内では

「公務執行妨害」では、ただうっとうしいだけの国です。

日本シリーズでは、飛び込みたいだけ飛び込ませるのです。それが、日本国民が「自己責任」を選ぶということだと思うのです。

（結局、日本シリーズでは阪神は千葉ロッテと対戦。ロッテが４勝０敗で勝ち、日本一になりました）

（２００５年10月）

死ぬことは責任を取ることになるのか？

２００８年９月25日、麻生太郎内閣の国土交通大臣に就任した中山成彬氏だったが、就任直後に「成田反対はゴネ得」「日本は単一民族」「日教組の強い所は学力が低い」といった発言を連発したことで、３日後に辞任した。中山氏は、翌月次回の衆院選に出馬せず政界引退を表明するも12日後には撤回、自民党からは推薦を拒否される。その後、２０１２年には日本維新の会所属、２０１７年には希望の党所属で衆議院選挙当選。２０２１年政治家引退。

中山元国交相は政治家を引退するようですが、けれど、もうひとつ、どうしてもこだわっておきたいことがありました。

それは、自分の確信犯的な発言が原因で、総選挙で自民党が負けるとしたら？　と記者に聞かれた時に、

「もしそういうことがあれば、万死に値する」

と答えたことです。

「日教組の強い所は学力が低い」が１９６０年代の思考をずっと維持している人だとする

と、この発言は、40年代を生きている発言です。

んで、困ったことに、どうも、この発言がまだ一定の評価を得ているようなのです。

「万死」ってのは、何回も死ぬことです。で、中山さんの発言で自民党に逆風が吹いたとしたら、中山さんは何度も死んでお詫びすると言ってるわけです。

でもね、中山さんのせいで落ちた自民党の代議士さんがいたとして、中山さんが何回か（ま、実際は1回しか不可能ですけど）責任取って死んだとして、それで納得するのか、と素朴に思うのです。

落ちた責任を取って、中山さんが死んでも、代議士は何の納得もしないいんじゃないか。

ポツダム宣言を受け入れるかどうかの会議で、軍人も大臣も、号泣しながら議論していた、っていうのは、歴史家の人たちが明らかにしてくれたことです。

みんな、おいおい泣きながら、ポツダム宣言を受け入れるのか、そうしたら国体はどうなる、本土決戦をすべきであるって、議論して、結果、二日も三日も結論が出なかったのです。

泣いた時のことを考えれば分かると思いますけど、泣くと、とりあえずの充実感はあるわけです。虚しく議論した場合と違って、感情が高揚して、感極まって、おいおい泣けば、とりあえず、何かしたような気持ちになります。

でも、実際は何もしてないです。議論は進まず、ただ、泣いた本人の充実感だけが残るわけです。

で、この泣いて過ごした数日の間に、毎日、戦場では日本兵が数千人、数万人の単位で死に、特攻隊は続々と出撃を続けて、本土空襲で街は燃えていたわけです。

泣いてる場合じゃなかったのね。泣かず、冷静に議論すべきだったのです。泣いた時点で、理論は感情に替わって、結論から遠くなるのは、議論の最中に泣かれた経験がある人なら分かると思います。

で、終戦になって、議論した軍人さんは、「一死をもって大罪を謝し奉る」という遺書で自殺するわけです。「一死をもって謝す」という言い方は、何人もの軍人がしました。

でもね、僕は死んで終わりでいいのかといつも思うのですよ。

軍人さんを個人的に責めているのじゃないですよ。そうではなくて、本当の責任の取り方は、なぜ、会議が何日も続いたのか、作戦の何が悪かったのか、陸軍の何がまずかったのか、それらを生き延びて、後世に伝えることなんじゃないかと思うのです。

だって、本当に戦いに勝ちたいと思うのなら、この次を考えるでしょう。ちゃんと自分たちの〝失敗〟を分析し、後世に伝え、二度と同じ間違いを繰り返さないように、次は絶対に勝つようにすることが、本当の責任の取り方なんじゃないかと思うのです。でも日本は、「死んでお詫びする」という言い方で終わるのです。でも、何も終わってないでしょう。

議論が延びた数日の間に死んだ人とその家族は、もっと早く結論を出してくれていればひょっとして死ななかったかもと考えます。その真実が知りたいのです。が、その時に、「一死をもって謝す」と言われても、ただ困るだけです。

実際、終戦当日、玉音放送が流れる前の午前中、特攻に出撃した人たちがいるわけです。号泣しないで、もっと早く議論が終われば、死なないですんだ人たちです。

すべてのミスを死ぬことで謝りきれるのか、と思うのです。死ぬことと、本当に謝ることとは関係ないんじゃないかと思うのです。

もっとはっきり言えば、死ぬことは、本当に謝ることを放棄することなんじゃないかと思うのですよ。

だって、終戦が数日延びたことによって死んだ人の家族は、死んでお詫びすることを求めているのではなく、その会議が本当に充実していたのか、その数日の遅延は必然だったのか、ということを知りたいわけです。

それによって、夫か息子か父が死んだことをそれなりに納得できるようになるかもしれないのです。

イラクの人質事件の時に、「自己責任」という言葉が流行りました。

自分の行動は自分で責任を取りなさい、ということです。

イラクからの飛行機運賃に税金が使われたと、いろんな週刊誌が激しく攻撃しました。

でも、本当の自己責任とはなんだろうと考えます。

中山さんが、自民党が大敗した時に、責任を取って自殺したとして、それは、本当の責任を取ったことになるのか、ということです。

おそらく、落ちてしまった代議士さんからすれば、「そんなこととして、責任取ったと思うんじゃねえ!」と突っ込みたくなると思います。

「万死に値する」という言い方が、いい加減、意味のないことなんだと、普通に国民が思うような国にならないかなあと思います。

「死んですべてを放棄する」ことが、責任の取り方だと思われ続けるのは、困ったことだなあと心底思うのです。

(2008年10月)

お酒は20歳からか?

知り合いの大学教授から、「鴻上さん、今は大学院でも学生とパーティしちゃいけないって言われるんです」と教えられました。

それはまたどうして、と聞くと、「18歳とか19歳の未成年がパーティに紛れ込んでいたら問題になるじゃないですか。だから、大学は一切、教授主催のパーティを認めないんです。未成年飲酒の責任問題になりますからね」と、教授はつまらなそうに溜め息をつきました。

思い出してみれば、おいらが大学に入学した時は、まず、クラスの飲み会があって、クラス担当の教授が参加することも珍しくなく、みんなでワイワイと盛り上がりました。サークルに入れば新歓コンパに誘われ、合コンでも飲みました。

はたと今思い返せば、一浪で入学しても19歳、現役なら18歳なわけで、つまり、法律違反だったのかと、愕然(がくぜん)とします。大学生になった興奮と決意の中での飲み会でしたから、法律違反なんて意識はまったくありませんでした。

「一気」などの強制的な飲み会は気にしましたが、未成年を問題にしていた学生や大人は誰もいなかったと断言できます。

それが、いつのまにか、「未成年の飲酒は絶対禁止」という風潮になりました。大学も保護者からの抗議を気にしてか、未成年の飲酒を口やかましく言うようになりました。各地の大学祭が続々と禁酒になり、サークルでは未成年と分かって飲ませた先輩達は激しく責められるようになりました。

これがどんなにバカバカしいことか。なんと愚かなことなのか。ちゃんと言わないといけないのです。

いつものように、この「美しい道徳」を振りかざしたのは、まずはマスコミでした。アイドルが20歳になって、「これでお酒が飲めますね」とわざわざ振ってみたり、「未成年の飲酒はダメですからね」と念を押すインタビューを見たり聞くことが普通になりました。そう質問している人は、20歳になるまで一滴のアルコールも口につけなかったのかと思うと、頭が下がります。

そして、インターネットが「美しい道徳」を完成させました。

未成年とはっきり分かる人間が飲酒をしているブログを狙い撃ちし始めました。

これは、「飲酒運転を語るブログ」とは意味が違うと思います。飲酒運転を自慢げに語ることは、他人を危険に陥れます。具体的に人を殺す可能性があります。実名や住所をネットにさらして炎上させる手法はどうかと思いますが、問題にする意味はあると思います。

けれど、未成年の大学生が友達とビールを飲んで盛り上がったと語るブログを叩くことは、一体、なんのためなのかと思うのです。

「あきらかな法律違反をお前は擁護するのか」と言われるかもしれません。けれど、そう突っ込む人は、「美しい道徳」を完成させようとする、じつにお節介でやっかいな存在なのです。

それは、民族浄化をうたってユダヤ人の排斥を目指した青年達、ヒットラーユーゲントと同じ精神構造です。自らの信念によって、この世界を「美しい道徳」が行き渡った空間にしたいという「生きがいづくり」です。

今まで曖昧にされていた領域に強引に法律を持ち込み攻撃すればいいので、この「生きがい」は簡単に得ることができます。それは、ドイツの街にユダヤ人がたくさんいたので簡単に攻撃できたのと同じです。

世界的な基準では、飲酒許可年齢は（宗教的に厳格な国でない限り）18歳が主流です。20歳というのは、かなりの少数派です。

20歳からという日本の法律が、高校を出て、社会や大学に行く人生と対応していません。

そういう時、問題への対処の仕方は二つです。ひとつは、「美しい道徳」が蔓延（まんえん）する前のように「黙認する」のです。原則的にはダメだけど、クラスの飲み会なんかだといいだろうと、ゆるやかに適応するのです。

もうひとつは、「法律自体を変える」のです。

どんどん、法律を厳格に適用して「美しい道徳」の社会にしていく先に、「息苦しい日本」しか待ってないと僕は思うのだが、君はどう思う？

（２０１３年４月）

大学と大人になること

ここんとこ、立て続けに、早稲田大学と慶応大学関連で講演会をすることがありました。で、いろいろと打ち合わせしているうちに、昨今の大学がじつに管理主義的になってしまった、という話になりました。

相手は大学当局の人達なので、「どうして管理主義的になるのか？」という理由がよく分かっているわけです。

切ない話がたくさんあります。サークルの飲み会で、急性アルコール中毒になって死亡した学生の親が、大学とサークルの指導部長である教授を訴えた、なんて例が増えてきました。

こうなってくると、大学はすべてを管理するしかなくなってくるわけです。学内で酒は飲むな、20歳になってないなら、新人歓迎コンパでも絶対に酒は飲むな、余計なことはするな、となります。

子供を亡くした親御さんの悲しみはそれは深いものでしょう。でもね、それでも、僕は大学やその場にいなかった教授を訴えることはやめた方がいいと思うのですよ。

この言い方は、じつに誤解を招くもので、ネットでこの記事を書いたら、もうあっという間に炎上するでしょう。活字だからまだ比較的冷静に受け止めてくれるのだと思います。

最近、大学生が不祥事を起こして、大学が謝る、というのが普通になってきました。ちょっと待てと思います。20歳を越していようが、とにかく本学の学生ということで謝る。まあ、高校生までは学校が謝ることはありかもしれないと思います。でも、大学が謝ってどうするんだと、僕はずっと思ってます。

だって、誰かが謝るということは、本人以外が最終責任を取るということでしょう？ つまり、本人はまだ半人前だと世間に宣言していることになるのです。20歳になって（18歳でも同じだと思っていますが）、まだまだ半人前扱いをするのなら、一体、いつ自立した大人として扱われるようになるのか。

でもね、会社員になっても、不祥事を起こすと会社の人が謝るでしょう。これ、日本社会の特徴ですからね。欧米の会社だと、「この社員はとんでもない。我々も迷惑している」というスタンスですからね。それで顧客が迷惑した場合は、「これだけの損害を与えたので、これだけの補償をする」というだけです。

でも、日本は会社の偉い人がまず、謝るでしょう。補償をどうするかの前に、場合によっては泣きながら謝るじゃないですか。つまり、会社員になっても、最終責任は本人以外の誰かが取るわけです。永久に半人前扱いなんだと思うのです。

そうすると、自分で判断はしなくなりますね。そこで悪循環が起こると僕は思っているのです。「こんなに酒を飲ませていいんだろうか」とか「こんなに酒を飲んでいいんだろうか」とかは、自分が自分のことを責任もって判断できれば「いや、だめだ」と思えます。でも最終的に自分以外の誰かが責任を取る社会だと「まあ、いいか」となります。そして急性アルコール中毒になるのです。

会社員になっても同じです。「こんな環境で働いていいんだろうか」とか「こんな労働はいつまで続くんだろうか」とか、自分で自分の判断ができれば「これはブラックだ。やめよう」と思えます。でも、誰かが責任を取る半人前の扱いなら「誰かが助けてくれるかも」と思って、働き続けるのです。

学生同士で酒を飲んで、それで事故が起こるのは、学生の責任です。ただ名目上の指導教授や大学に何かの責任があるわけではありません。というか、そういうふうに考えてはいけないのです。

「その場にいないのに責任がある」ということを認めてしまうと、ガチガチに管理するしかなくなってしまいます。当事者ではなく、当事者の場を用意した大学や教授が最終責任者だとなると、学生は責任のないただの「子供」になります。

でも、大学は「大人になるための場所」です。高校生まで子供扱いされた人間が、ようやく「大人になることを学ぶ場所」であるべきなのです。

そこで、管理を強くして半人前のまま社会に送り出すのは、日本にとってとてもマイナスだと思うのです。

訴訟で大学の責任が問われなくなり、なんとかして大学がもっとおおらかに戻らないかと僕はずっと心配しているのです。

（２０１４年11月）

不祥事による過去作品の封印は誰のためか

2019年3月、ピエール瀧氏はコカイン使用の容疑で逮捕された。翌月には所属事務所の、マネジメント契約を解除され、6月には執行猶予付きの有罪判決を受ける。

ピエール瀧容疑者に関して、これから放映予定の作品だけではなく、過去作品が葬られていきそうだったので、じつに当たり前の感想として、「出演者の不祥事によって、過去作品が封印されるなんて風習は誰の得にもならないし、法律的にもなんの問題もないし、ただの思考停止でしかない。ここで制作者は踏ん張って、作品と1人の俳優はイコールではないと持ちこたえないと、この国の文化は悲惨なことになってしまう」と、ツイートしました。

結果として、5日間でインプレッションという閲覧数が360万回。「リツイート」が約3万、「いいね」が6万になりました。僕自身のツイッター歴では、最大の数字です。マスコミからネットから、インタビューやら取材やら引用やらの依頼が殺到しました。

僕自身、まったく、予想できないことでした。反論も当然来ました。

マスコミでは、僕のツイートを紹介して、賛成と同時に反対の意見も紹介していました。

「薬物に汚染された芸能界では、これぐらいのことをしなくてはダメ」とか、「こんなことをしない人を集めて作品を作ればいいだけのこと」とか、「鴻上尚史は麻薬に賛成なのか」なんて反論でした。

360万の閲覧で、直接僕に返信してきたのは、275人（こういうことが詳しく分かるのがすごい所です）。

でね、そのうち「何を言ってるんだ！　お前は犯罪者を擁護するのか！」と怒ったり、批判したりしたのは、約100人でした。

直接返信ではなくて、僕の名前を上げて、反論、中傷、批判、難癖などの発言は、ツイッターをエゴサーチした結果、約100人ほど。（多くて）200人ほどでした。

でね、名著『ネット炎上の研究』（田中辰雄・山口真一、勁草書房）によれば、「過去1年に書き込んだことのある『現役』の炎上参加者は、インターネットユーザーの0・5％しかいない」という統計的調査があるわけです。

３６０万人が見て、そのうちの０・５％は１万８０００人。けれど、どう見てもそんなに多くのツイートはありませんでした。

この本では、恒常的に粘着している人の数は、さらに減り、０・００Ｘ％だと書かれています。

３６０万人が見て２００人が怒り、それを（多く見積もって）計１万人がリツイートしたら、割合は、０・３％です。つまり、マスコミは、99・７％の意見と０・３％の意見を、両論表記して、平等に紹介したわけです。

これもまた、僕は「思考停止」だと思います。「一方の意見だけを紹介したら、後から何を言われるか分からない。両方、同じように並べよう」という機械的な判断です。

この割合は無視していいとか、紹介の仕方に割合を対応させよう、なんて柔軟な思考はありません。

もちろん、出演しているＣＭが中止になるのは、納得できます。ＣＭは企業が選ぶものです。

これから放送されるテレビ番組の出演場面が削られるのは、（ドラマ創作者としては非常な苦痛ですが）しかたないかもしれません。

けれど、過去作品の封印は誰にとって役に立つのかと思います。

東日本大震災以降、不通だった「三陸鉄道リアス線」が、3月23日にようやく開通する記念として、再放送が予定されていたNHK朝ドラの『あまちゃん』の総集編後半が、ピエール瀧容疑者が「東京編」に出演していたので、放送中止になりました。

この鉄道は、番組では「北三陸鉄道リアス線」の名で何度も登場し、北三陸と東京をつなぐ重要な役割を果たしました。意味のある再放送になるはずでした。NHKは、DVDの販売についてもどうするか「関係者と協議中」と答えています。

ピエール瀧容疑者は、現在、社会的制裁を受けています。有罪判決が確定すればさらに受けるでしょう。

が、それと、過去作品が封印されていくことがイコールになるというのは、まるで、子供が犯罪を犯したら親までも罰せられるような大昔の連座制そのものだと思うのです。

NHKも民放テレビ局も、そして大手の映画会社も、100万人が問題にしなくても、10人が抗議したら、機械的に封印するでしょう。

それは、文化にとってとっても悲しいことだと思うのです。


(2019年3月)

4　クレーマーに振り回されるわけ

ネット炎上のカラクリ

死者273人、損壊した建物約21万棟という被害をもたらした2016年4月の熊本地震のあと、ファッションモデルの平子理沙（ひらこりさ）さんが自身のブログで被害者への追悼と励ましの投稿をしたことに対し、多くの中傷コメントが寄せられたが、実際にはそうしたコメントのほとんどは少数の人間の仕業だった。

ネットで衝撃的な記事があったので紹介します。これは、なるべく多くの人が知った方がいいと思うからです。

ファッションモデルの平子理沙さんが、熊本地震についてブログに書いて炎上しました。あまりに悪質な書き込みが多かったので、弁護士に相談しました。そして、書き込みのＩＰアドレスを調べたところ、膨大な書き込みは主に６人の仕業だと分かったのです。

この６人は、書き込みのたびに毎回名前を変えました。様々な人が批判しているように見せるためです。

「巧妙なのは、時々良いコメントも書いてみたり、時には女性に、時には男性になり、一人で『わたしも〜さんの意見に賛成です！』と複数の人間になりすましたり、色々なワザを使って」いたと、平子さんは書きます。

６人の中には、「自殺しろ」と１００件以上書いた人もいたそうです。

普通、炎上というと、私達は大勢の人から責められているというイメージを持ちます。が、実際は６人で大規模に炎上できるのです。

ｇｕｄａｃｈａｎさんという人が、インターネット上のサイト『ＮＡＶＥＲまとめ』で、この炎上関連を紹介してくれています。

それによると、ジャーナリストの上杉隆（うえすぎたかし）さんが、ブログで靖国問題のことを書いたら炎上したことがありました。

３日間くらい放置していると、７００以上のコメントが付いていたので、ＩＰアドレスをチェックしてみると、コメントしているのはたったの4人だったそうです。

「1人で400以上のコメントを付けた人に、ブログ上でIPアドレスをさらし『ありがとうございます。これからもよろしくお願いします』と書いた。そしたら、次の日から、その人からのコメントはゼロ。逃げてしまったようですね」

と、上杉さんは言います。

ニコニコ動画を作った川上量生（かわかみのぶお）氏は、著書『ネットが生んだ文化』（KADOKAWA）の中で、ネット原住民の炎上の実態がわずか数名の暴走でしかないことを指摘しています。

川上さんは、「炎上は基本的にヒマなネット原住民がごく少数いれば起こせるのだ。2ちゃんねるの管理人を長く務めていた西村博之（にしむらひろゆき）氏によると、2ちゃんねる上でのほとんどの炎上事件の実行犯は5人以内であり、たったひとりしかいない場合も珍しくないらしい」と言います。

前述したように、『ネット炎上の研究』によれば、調査した1年間で炎上に参加したネット利用者は、全体のわずか0・5％だそうです。この少数を「ノイジーマイノリティー」と呼んだりします。少数ですが、うるさいので存在が目立つのです。

じつに、想像よりはるかに少ない人数しか、炎上に参加していないのです。いえ、はっきり言えば、5人以内で起こされる炎上は、架空の炎上だと言ってもいいと思います。

でも、それがノイジーマイノリティーなので、私達は振り回されてしまうのです。

例えば、CMが数本の抗議電話で中止になることがあります。けれど、あとあと、わずか5本の電話で中止にしたんだ、愚かだなあと笑い話になります。

ですが、炎上には、暗く不気味なイメージがありました。ネットの暗闇から得体の知れない何かが飛んでくる雰囲気です。

が、それがわずか5人前後の偏執狂的な書き込みなんだと分かったのです。

逆に考えれば、個人が埋没し、生きてる実感を持てないこの時代に、わずか一人でも炎上させることができるということは、なんと充実した時間なんだろうとも思います。自分がたった一人、数百のコメントを書くことで炎上の形にできるのです。

そして、ヤフーニュースなど、ネット記事に取り上げられるのです。

ネット記事は、毎号、毎日、毎週書かないといけないと、とにかくなんでもいいから記事にしてしまいがちです。一本の記事の原稿料は信じられないぐらい低いでしょうから、数を稼がないといけないという理由もあるでしょう。

でも、そういうことがノイジーマイノリティーを育ててしまうのです。炎上に対して、勇気を持って無視、または立ち向かっていいんだと思うのです。

（2016年5月）

クレーマーと中途半端に壊れた世間

2014年1月から日本テレビ系列で放映されたドラマ『明日、ママがいない』では、児童養護施設に預けられた少女が主人公だったが、初回放送後、全国児童養護施設協議会と全国里親会が「視聴者の誤解と偏見を呼び、施設で生活している子どもたちの人権を侵害しかねない」と批判、表現を改めるよう求めた。その後、日本テレビ側と話し合いがもたれ、放送は続けられることになった。一方、第3回の放送より番組提供スポンサー全8社のCMが取りやめとなり、以降公共広告に差し替えられた。

先週、全日空のCMが中止になったことがニュースになったと思ったら、今週はあっという間に、キリンの缶チューハイ『本搾り』のCMが中止になり、さらに、ファミリーマートの『フォアグラ弁当』がクレームを受けて販売中止となり、さらに日テレドラマ『明日、ママがいない』のスポンサー8社がすべてCMを自粛という怒濤(どとう)の流れになりました。

キリンの缶チューハイの場合は、カエルの着ぐるみを着たキャラクターが俳優の大沢(おおさわ)たかおさんとやり取りをするCMです。中止の理由は「アルコール問題を扱う団体から、未成年者の関心を引き飲酒に誘導しかねない、などといった指摘を受けた』からだそうです。

『フォアグラ弁当』に関しては、「消費者からフォアグラの生産法は残酷で、そうした食材は使わないで欲しいと指摘があった」ためだそうです。抗議は22件と書いてある記事もありました。

『明日、ママがいない』については、かなりの話題になっていますから知っている人も多いでしょう。スポンサーの一つは、自粛した理由について、「顧客から提供の是非を考えるべきだという意見が多く寄せられ、今夜、(見合わせを)判断した」と答えています。

どうも、大変な世の中になってきました。

まあ、キリンの缶チューハイのケースが一番、バカバカしいと感じます。「未成年者の関心を引き飲酒に誘導しかねない」ものは、ダメだという前提を受け入れたとしても、実際のCMをYouTubeで何度見ても、「このキャラクターが子供にアピールするかあ?」と疑問に思います。どう見ても、疲れたカエルがアンニュイな魅力を漂わせているものです。このカエルに比べたら、『黄桜のカッパ』さんの方がよっぽどかわいいんじゃないかと感じます。フォアグラ弁当に関しては、僕はクレームが22件という数字をちゃんと書いているニュースを評価します。全日空の記事もそうなんですが、「抗議が殺到」「抗議の声が多数」としか書かない記事が多すぎます。それではニュースではなく、エッセーです。

『明日、ママがいない』のスポンサーさんに問い合わせたのは、一体何件なのかも知りたくなります。

それは、「世間」ではなく「社会」を知るためには絶対に必要な手続きだからです。

こういう抗議は、したい方はすればいいのです。僕はフォアグラは食べませんが、絶対に許せないと思っている人は抗議すればいいのです。

じつは、『明日、ママがいない』は、僕が今、ひいひい言いながら、死にそうになってシナリオを書いている『戦力外捜査官』と同じ川崎の生田スタジオで撮影されています。なので、撮影の合間に、芦田愛菜ちゃんが休憩していたりして、この件に関してはものすごくドキドキしています。

僕が書いた『戦力外捜査官』の第1話は、「いじめを受けた中学生が偶然手に入れた拳銃で、いじめっこの中学生を撃ち殺す」話でした。

プロデューサーによれば、第1話のオンエアの後、「たくさんの」抗議が寄せられたそうです。プロデューサーは僕に気をつかって、それが何件あったのか黙っていてくれました。もちろん、書いた時点でも放送する時点でも、そういう抗議はあるだろうという腹の括り方はしています。それでも、この話は世に出す意味がある、物語としてこの展開は必要だと思うから書いたのです。

いえ、自分の都合を主張するためにこの文章を書いているのではありません。僕は、日本人は抗議を「世間」というフィールドで受け止めてしまう傾向がある、ということを言いたいのです。

僕は今まで何度も「世間」と「社会」の違いについて書きました。日本人が他人の依頼を断りにくいのは、いまだに中途半端に壊れた「世間」に生きていて、「どんなマイナスな言葉も、大きな意味では同じ『世間』に生きている人からの、巡りめぐれば、自分のためになる言葉」だと思い込んでしまうからです。

そして、どんなクレーマーも、どこか、「世間」という「自分と関係のある共同体に生きている」と思ってしまうのです。商品を売ろうとする時、「社会」ではなく「世間」をイメージしてしまうのです。

イオングループが3月までで、「タッチパネルの年齢確認」をやめる、というニュースがありました。酒やたばこを買う際、「あなたは、20歳以上ですか？」とスーパーやコンビニのレジで、パネルに触れることを求められる、アレです。

ニュースによると、「イオングループはコンビニの『ミニストップ』と総合スーパー『イオン』でタッチパネルを順次導入した。しかし、中高年の客などから『明らかな成人にも操作を求めるのは不快だ』といった苦情が続出。このため、未成年の可能性があるとレジ係が判断した場合に限り身分証の提示を求める従来の手法に戻すことにした」ということです。

ニュースのコメントとして、「これは、一律に操作を求める手法が中高年層に不評なためだ。ただ、未成年の飲酒や喫煙を防ぐには有効との意見もあり、小売業界全体に広がるかはわからない」としています。

僕が、このニュースをまったく理解できないのは、「0か100か」しか選択肢を考えてないことです。

タッチパネルに触ることを求められて、中高年男性が激怒した、なんていう事件が何回か報道されたこともありました。

僕自身も、初めてタッチパネルに触ることを求められた時は、「僕が未成年に見えるか？　いくら童顔で『とっちゃん坊やの鴻上』と言われててもそれはないだろう」と内心、驚き、ムッとしたものです。

この「ムッ」とした感情というのは、じつは、「無視されたと感じる感情」なのです。それは、厳密に言えば、疎外感であり、存在を否定された哀しみであり、人間として突き放された衝撃なのです。

だからこそ、中高年の「世界から疎外されている」と恐怖している人達が、この「一律なタッチパネルの強制」に対して怒ったのです。

相手が誰であろうが、「酒、タバコを買った人」には、「一律にタッチパネルを触ってもらう」というのは、「あなたとはコミュニケイトしません」という高らかな宣言です。

あなたの人相、あなたの雰囲気、あなたのしゃべり方などは見ません。あなたを判断しないのではありません。あなたを見ません。私はあなたと一切関わりを持ちません。

あなたが未成年か成人しているかは、あなたが判断することであって、私が判断することではありません。私にとって、あなたは人格を持った固有の一人の人間ではなく、商品を棚から取り、代わりに金銭を支払う「何か」です。「何か」に対して、いちいち判断することはありません。目的は、いかにスムーズに商品と金銭を交換するか、だけです。

ということになります。

「そんな皮肉な言い方をするなよ。実際、微妙な時は聞きにくいんだからさ。一律にするのが店員さんのためにはいいんだよ」という声が聞こえてきそうです。

けれど、海外旅行に行けば、なんて簡単なことなんだと分かります。

アメリカでもヨーロッパでも、童顔の日本人は何回も、ＩＤを見せることを求められます。それは、店員が「ん？　若く見えるぞ。未成年か？　じゃあ、お酒は売れないぞ。確認してみよう」と思って、普通に実行するだけなのです。

日本人は、これだけのことができない、ということです。

一人一人、相手の顔と雰囲気、話し方を見て、「この人はタッチパネルを押してもらおう」「この人はあきらかに中年だからいいや」とジャッジしようとすると「そんな大変なことできませんよ。だって、相手が微妙な時はどうするんですか？　『パネルを触って下さい』って言って、怒られたらどうするんですか？　だったら、『とにかく、規則なので、全員、触ってもらうようにしてるんです』の方がはるかにマニュアルとしても、経営としても優れているじゃないですか」となるのです。

繰り返しますが、日本以外の外国では普通に行われていることが、日本では普通にできないのです。

なぜか？

どうして、日本企業が数件の抗議で簡単にＣＭを変更するのかということと理由は同じです。

それは、日本人は「社会」との付き合い方が分からないからです。「世間」とは付き合えます。けれど、自分とまったく関係のない世界に生きている人達とは、「０か１００か」の付き合い方しかできないのです。


（２０１４年２月）

「世間話」と「社会話」

『ベター・ハーフ』の公演で、大阪に行った時のことです。物販というパンフレットや戯曲集、ＤＶＤの売り場の近くに立っていました。

販売していた女性が、パンフレットをひとつ売るたびに、「不良品以外は、返品をお受けできかねますので、ご了承下さい」と言っていました。僕は、その言葉に驚きました。

１５００円のパンフレットは、開演前と開演後に、ぶわっと売れます。わずかの時間で数百部が売れるのです。そのたびに、売り子の女性達は、じつに丁寧に、「不良品以外は、返品をお受けできかねますので、ご了承下さい」と繰り返すのです。

僕は思わず「そんなことを言わなくていいですから」と伝えました。

東京以外だと、劇場でのお客さんの案内や物販を地元の会社にお願いすることはよくあります。人手の関係でそうするのです。この大阪の会社の人も、じつに丁寧に観客を案内していて、内心、喜んでいました。

が、この言葉には驚きました。そして、とうとう日本はこんなことになったんだなあとしみじみしました。

この会社を責めているのではありません。

話は少し回り道をしますが、最近、ツイッターで、「実際に言われたクレーム晒す」というアカウントがあって、これが衝撃的で面白いのです。

客「チョコレートドーナツ温めて」
僕「え、溶けますよ？」
客「いいから温めろよ」
僕「は、はい」（20秒後）
客「溶けてんじゃねえか、ふざけんなよ代えろよ」
僕「申し訳ありませんお取り替えいたします」

とか、

客「なんでエスプレッソのカップがこんなに小さいんだ！　詐欺だ、金返せ！」
俺「お客様、エスプレッソはこのカップとなっており……」
客「じゃあエルプレッソを出してくれ！」
俺「はい？」

客「アルファベットもわからないのか！　Ｌサイズの Ｌ！　エルプレッソ！」

……なんていう傑作があげられているのです。

まあ、なかには「作り」もあるでしょうが「う～ん、ここまできたんだなあ」という深い感慨を持ちます。

いきなり、結論から言うと、日本人は「世間」とのつきあい方は知っていても、「社会」とのつきあい方に慣れてないので、「社会」の存在である「とんでもない客」を、なんとか「世間」の文法で処理し、理解しようとするのです。

「世間」とのコミュニケイションは、「友人、知人、知り合い」が対象です。「社会」とのコミュニケイションとは、「自分とまったく共通項のない人」が対象です。日本人は、「自分とまったく共通項のない人」と、どうやってコミュニケイションしたらいいか分からないのです。

「自分とまったく共通項のない人」と、例えば、微笑んだり、軽く会話したり、声をかけることで、お互いが少し交流します。そもそも、お互いに何の共通項もないのですから、それが限界です。ですが、それだけでも、楽になるのです。

僕はそれを「世間話（せけんばなし）」に対抗して「社会話（しゃかいばなし）」と呼んでいます。

東日本大震災の後しばらくの間、少しでも揺れると、知らないもの同士が思わず道端で、「揺れましたね」「ちょっと大きかったですね」と言葉を交わす風景が生まれました。それで終わりですが、それだけでも、心は少しは落ち着くのです。これが「社会話」です。

けれど、ほとんどの人は「世間」の人と話しても、「社会」の人には身構えます。「駅弁、ひとつ下さい」「はい、駅弁、ひとつでよろしいですか？」、最近、この会話が増えましたが、これは会話ではありません。これは「あなたはひとつと言いましたね。ふたつじゃないんですよね。確認しましたからね。私の責任じゃないですからね」という防御です。

相手が「世間」の人になる可能性がなく、「社会」のままだとはっきり分かる時に、つまり人間として歩み寄る必要がないと思った時に、こういう言い方をします。目的が「コミュニケイション」ではなく「防衛」に変わるのです。

「駅弁、ひとつ下さい」「はい、ひとつですね」——これはコミュニケイションです。

『ベター・ハーフ』は、ニッポン放送さんと共同主催でしたが、見に来る人達は、サードステージ、つまり鴻上尚史（こうかみしょうじ）がやってる芝居だと思って来ます。

芝居を愛してもらうためには、とにかく愛されやすい雰囲気を作ろうとします。

芝居を見に行って、チケットをもぎる人が最悪だった、なんてことがあると、芝居そのものが嫌いになったりするじゃないですか。だから、なるべく、愛されるような雰囲気を作ろうとします。

鴻上の芝居は劇場のスタッフもみんな温かいと思ってもらえたら最高です。お愛想笑いの接客ではなく、リアルに好感を持たれるようにしようとします。

その方向と、パンフレットを渡す時にいちいち「不良品以外は、返品をお受けできかねますので、ご了承下さい」と言うのは正反対です。

この言葉は、お客さんに、売り手との距離を自覚させます。まるで、身内のような空間にやってきた、芝居もそういうものですからね、という友好的な関係ではなく、「あなたは何を言い出すか分からないので、先に言っておきますからね」という「つまりは、あなたを信用してないですからね。クレームをつけられる前に言いますから」というはっきりとした距離を感じさせるのです。

演劇ではなく、ライブだとこういう接客はあります。聴衆達が、ライブのアーティストと主催者は全然、別だと分かっている場合です。どんなに乱暴な扱いを受けても、「彼らと、自分の大好きなアーティストとは何の関係もないんだ」と納得している場合です。

演劇だと、一回限りのプロデュース公演の時はビジネスライクになる人が出てきます。主体が明確ではないので、誰も「愛される雰囲気作り」に心を砕かない場合です。

と言って、顧客に「あなたのことを信用していませんから」と距離を毎回感じさせる接客が、ビジネスとしていいのか、と僕は思うのです。

最近は、シネコンに行ってチケットを買おうとすると、必ず、「一度発券したものは、取り消し、返金できませんがそれでもよろしいですか？」と確認されます。そのたびに、映画を見るというワクワクした気持ちが、少しだけしぼむのは、僕だけだろうかと思います。

この言葉も「あなたを信用していませんからね。だから先に言いますから」という宣言です。この言葉を聞くたびに、僕は「そうか。信用されてないんだ。だから、あらかじめ言うんだ」と思うのです。

もちろん、一回買って、「やっぱりやめる」と言い出す人がいるのでしょう。そして「お客様、一度お買い上げになったチケットは、取り消すことができないんですが」と言うと「なんだよ。聞いてないよ」と文句を言う人がいるのでしょう。

でもね、そのほんのわずかの文句を言う人の存在のために、すべてのお客さんに対して距離を作り、あらかじめ防衛するのは、じつにもったいないと僕なんか思うのです。

パンフレットを買う。全部、見る。そして、返品に来て「金を返せ」と言う人が現れたら、「申し訳ありませんが、一度お買い上げになったパンフレットは返品できません」と言えばすむだけの話なんじゃないかと思うのです。

もちろん、それは、「世間話」しかしない日本人にはハードルが高いです。でも、知らない同士が会話する「社会話」に慣れれば、そんなに難しいことではないと思うのです。「お客は神様」ではなく、ある一点を越えたらもう客ではなくなり、拒絶することも怒鳴ることもある——「社会話」が欧米では当たり前のことです。ですから、欧米では、一律に距離を作る言葉を売り場などであらかじめ聞くことはめったにありません。

それができず、とにかく、無条件に「不良品以外は、返品をお受けできかねますので、ご了承下さい」と先に言うのは、コミュニケイションの拒否であり、「社会話」を上達するチャンスを失うという意味で、じつに残念なことなんじゃないかと思っているのです。


（2015年5月）

クレーマーの対処法

ネットを見ていたら、こんなツイートが話題になっていました。

「バスの運転手になって10年以上。一番辛いのはトイレの我慢だな。いろいろあったけどこれより辛いのはない。飲まず食わずよりも出さずの方がはるかにキツイ。客からは『遅れてるくせにトイレか！　殺すぞ！』と怒鳴られたこともある。トイレの我慢ができないって死刑になるほどの罪なのか？」

ツイート主は、「現役バス運転手が守秘義務の限界に挑戦」という人でした。

僕の本を読んでくれている人だと、鴻上は日本を「世間」と「社会」に分けていると知っているでしょう。

「世間」は、あなたと、現在および将来、関係のある人達が作る世界。

「社会」は、あなたと、現在および将来、なんの関係もない人達が作る世界。

で、日本人は、「世間」の感じ方、考え方が身体の芯まで染み込んでいるので、「社会」の人なのに、「世間」の知り合いのように対応してしまいがちだということです。

日本で、モンスター・クレーマーが成長するのは、じつはこれが一番の原因です。西洋のような「世間」がない世界では、「遅れてるくせにトイレか！　殺すぞ！」と叫ばれた瞬間に、相手は「客」ではなく、ただの失礼な人です。失礼な人には、「ただちに降りろ！」「謝れ！」と返すだけです。

でも、日本だと、「世間」の人の言葉だと勘違いするので「乗客という身内の人からひどいことを言われた。どうしたらいいんだ」と悩んでしまうのです。

乗客は、基本的に「社会」の人です。「世間」の人になるのは、通勤や通学で何年も使い、運転手さんと親しくなり、お互いの名前を知り合った段階です。ただ、顔見知りになり、軽くあいさつする程度では、まだそれは「社会」の人です。

まして、「殺すぞ！」と叫ぶ人は、まったくの「社会」に属する人です。

日本人は、「世間」に属する人には丁寧に対応しますが、「社会」に属している人には、とても冷淡です。

駅の階段でベビーカーをふうふう言いながら持ち上げている女性を誰も助けないのは、相手が「社会」に属している人だからです。

なのに、乗客は「世間」の人だと誤解してしまうのです。コンビニで大声を上げて抗議するモンスター・クレーマーは、ただの「社会」の人です。ひどい言葉を投げかけられ、お店から出て行かないのなら、警察を呼べばいいだけなのです。

相手は「社会」の人だと認識した上で、クレーマーを三種類（ホワイト・ブラック・レッド）に分類するのです。

例えば、バスの運転手さんだと、「バス停の停車時間が短い」とか「運転が荒くて怖い」なんていうのは、ホワイトな苦情です。「殺すぞ！」というような、一線を超えた言葉が飛ばないかぎり、聞く必要があります。

「急に発進したから、倒れてケガをした」と言われ、けれど、全然、急発進などしてない場合は、ブラックな苦情です。目的は、金品です。こういう人は、「誠意を見せろ！」「お詫びの気持ちを形にしろ！」としか言いません。自分から金を要求すると恐喝になるからです。

ブラックへの対応は、じつは比較的簡単で、相手の目的は金品ですから、それが無理だと分かったら、次のターゲットにさっと移動します。警察に依頼しても、逃げるのは早いです。

そして、三番目が「承認欲求のために自己主張だけを繰り返す人」や「病んだ人」です。「遅れてるくせにトイレか！　殺すぞ！」と叫ぶクレームは、じつは、レッドの「病んだ人」に分類されると思います。

レッドが一番やっかいで、個人で対応するのは無理です。会社全体でチームプレーとしてレッドに対応する、という方針が必要なのです。

「ドライバーは人間ですから、生理的欲求でバスを止めることもあります」と会社が、まず、毅然と発表・対応することが必要なのです。

電車の運転手や消防士が勤務中に水を飲んだというクレームに対しても、組織全体がひるむことなく「当たり前です。人間ですから」と答えないとレッドは減らないのです。

（２０１９年11月）

「社会」と会話する技術

『ぼくはイエローでホワイトで、ちょっとブルー』（新潮社）の著者ブレイディみかこさんと対談した時、ブレイディさんの息子さんの「日本人は『社会』への信頼が足らない」という言葉にハッとしました。

どういうことか？

僕なりの説明をすると――

僕は、日本には「世間」と「社会」があると繰り返し言っています。「世間」とは、今か将来、あなたと関係がある人達のこと。会社・学校・仲間・近所なんてことですね。「社会」は今か将来、まったく関係ない人達のこと。電車の隣の人、すれ違う人、など。

で、私達日本人は「世間」に生きています。正確に言うと、「中途半端に壊れた世間」なのですが。

で、「世間」にだけ生きていると、「社会」の人との会話が苦しくて不得手になります。

例えば、駅の階段で荷物とベビーカーを抱えて、ふうふう言って上っている女性がいても、日本人はなかなか、「持ちましょうか？」と声はかけませんね。この風景を外国人が見て驚きますが、日本人が冷たいわけではなく、声のかけ方がよく分からないと言った方が正解でしょう。

もちろん、相手が自分の「世間」に生きる人、つまり知り合いだったら、抵抗なく声をかけるでしょう。

電車の中でイヤホンから音がシャカシャカ漏れている時、イラついて「いい加減にしろよ！」とか「うるさいよ！」と思わず叫ぶ人がたまにいます。

これもまた、相手が「社会」に生きる人、つまり関係のない他人だから、どう声をかけていいか分からないから起こると、僕は思っています。

相手が「世間」にいる人だと、こんな言い方はしません。友達だと「音、ちょっと下げない？」でしょうか。相手が上司や先輩、または部下とか後輩でもいきなり叫ぶということは、性格に問題のある人でない限り、あまりないでしょう。

でも、相手が「社会」に属している人だと、なかなか言えなくて、ガマンにガマンを重ねて、結果、爆発して「いい加減にしろよ！」となることがあると思うのです。

もしくは、関係のない相手だから、遠慮なく怒鳴る、ということもあるかもしれません。

この時、「いきなり怒鳴らなくてもいいでしょう」と叫ばれた人が言ったとして、「そんな大きな音を漏らしても平気な奴は、怒鳴らないと分からないんだ」と叫んだ人が答えたとしたら、この状態を『『社会』に対する信頼が足らない状態」だと僕は思っています。『社会』を信頼している」状態とは、この時、「すみません。音が少し大きいので小さくしてくれませんか？」と、叫ばずに伝えられることです。

もちろん、こう伝えて「なんだとぉ⁉」とからまれることもあるかもしれません。それは、結果です。

信頼して裏切られることはあります。

でも、最初から社会に生きる相手を「受け入れてくれるはずがない。まともに言って、納得するはずがない」と決めつけて「うるさい！」と叫ぶのは「信頼がない」状態です。

で、僕達日本人は、「世間」の人相手に「腹芸」とか「根回し」とかの訓練をたくさん受けるのですが、「社会」に生きる人に対して、穏やかに「自分の要望を語る」ということに、慣れてないのです。

映画館で、隣のお客さんが突然、スマホを出した時に、舌打ちとかガマンとか「おい！」ではなく、「すみません。スマホがまぶしくて、スクリーンが見づらいです。やめてもらえませんか？」と穏やかに話せる日本人は少ないと思うのです。

でね、こんなコロナの状況の中、「社会に対する信頼」が足らないまま、ネットの書き込みをしていくと何が起こるかというと、怒鳴り合いとか中傷とか罵倒（ばとう）とか、言いっ放しの状態が出現するのです。

電車の中で、誰もが「うるさい！」と叫び続けている状態です。生まれるのは「対立と分断」だけです。穏やかに話せば、解決するかもしれない問題も、すべてこじれます。

「世間」にだけ生きていて、「社会」は全部、敵と思うなら別ですが、今どき、そんな完璧に保護してくれる「世間」に生きる人はいないと思います。

どんなに苦しくても絶望しても、『社会』を信頼する」言葉を重ねていくしか、未来を作っていく方法はないと僕は思っているのです。


現代ビジネスの2020年5月2日の佐藤直樹さんの原稿「コロナ禍で浮き彫り、同調圧力と相互監視の『世間』を生きる日本人」で、驚くべきデータが紹介されていました。

どんなデータかと言うと、「総務省『情報通信白書』（2018年版）によれば、欧米諸国に比べ日本は他人への不信感が強いという。すなわち、『SNSで知り合う人はほとんど信頼できる』に対し『そう思う・ややそう思う』が日本は1割ほどだが、ドイツは5割、アメリカは6割、イギリスは7割あるそうだ」というものです。ちょっとびっくりしませんか？　1000人からの回答ですから、それなりの信頼はあると思います。

日本人はSNSで知り合う相手を1割しか信用しない。これほど、明確な『社会』に対する信頼が足らない」ことを表す具体的なデータはないんじゃないかと、唸ります。

佐藤さんは続けて、「また、ネットで知り合う人を見分ける自信があると答えたのが、日本は2割だが、英独仏は6〜7割であった」というデータも紹介しています。

これはもちろん「欧米人が他人を信用できると答えるのは、見分ける自信と能力があると考えるからで、別に人が良いわけではない」と説明し、「まさにヨーロッパで11〜12世紀以降成立した個人とは、人間関係を自立的に判断する能力をもつ者のことであった」と解説しています。

欧米には「世間」という身内が集まる空間と「社会」という知らない人が集まる空間の区別はありません。

というか、11世紀から12世紀にかけて、キリスト教が綿密に「世間」を消していきました。頼るべきは、「世間」ではなく、「神」だと教えるために〔詳しいことを知りたい方は、拙著『「空気」と「世間」』（講談社現代新書）か『「空気」を読んでも従わない：生き苦しさからラクになる』（岩波ジュニア新書）をよろしければお読みください〕。

結果、欧米では、「自分とはまったく関係のない人達と話す言葉」や「コミュニケイション技術」が発達したのです。というか、生き延びるためには、発達させざるを得なかったのです。

もちろん、世界中には、ＳＮＳでいきなりとんでもない言葉をぶつけてくる人もいます。

英語では、そういう人のことを、「Internet troll」と言います。妖怪というかクリーチャーの「トロル」です。あきらかに、特殊な少数の人達、というイメージです。

でも、日本だと「ネット民」なんて言ったりします。妖怪と比べるとあまり特殊で少数なイメージはないです。ＳＮＳで出会う人のうち、１割しか信用できないのなら、逆に、信用できる人の方が特殊で少数になるのでしょう。

総務省の元のデータを調べてみると、「オフラインで出会うほとんどの人は信用できる」というものすごい質問に、「そう思う」「ややそう思う」が、日本人は33・７％、アメリカ人は63・7％、ドイツ人は68％、イギリス人は70・4％です。

言わずもがなですが、日本人は、相手が自分の「世間」に属していると分かるとこの数字は急上昇すると思います。共通の知り合いがいる、同じ会社、同郷、同窓、何かのつながりを感じれば、信用します。逆に言えば、何のつながりもないとなかなか信用しないのです。

僕は、「人間を信用しよう」なんていう「道徳」の話をしているのではありません。

僕は、「生き延びるため」の話をしています。

昔、「世間」が充分に機能して、私達を守ってくれて、収入から結婚、あらゆる面倒を見てくれていた時代は、「社会」なんかありませんでした。村落共同体や会社共同体のルールに従っていれば良かったのです。

でも、今、「世間」は中途半端に壊れて、私達を守ってくれなくなりました。そのため、「社会」と会話する技術を身につけることが苦しみを和らげ、生き延びる最も重要な方法だと思っているのです。

（2020年5月）

匿名で発信するSNSで〝社会〟を強化するという試みの先に

2020年5月、恋愛リアリティ番組『テラスハウス』に出演していたプロレスラー・木村花（きむらはな）さんが自ら命を絶った。死の直前にSNSに匿名の中傷コメントが多数投稿され、それを苦にした自殺だった。番組はその後打ち切られ、彼女の母親が自殺後も中傷コメントを繰り返し投稿していた一人に対し、損害賠償を求める裁判を起こした。

総務省の『情報通信白書』に公開されているツイッター利用に関する調査で、日本のツイッターの匿名率が75・1％なのに比べて、アメリカが35・7％、イギリス31％、フランス45％、韓国31・5％、シンガポール39・5％というのは衝撃の数字でした。

SNSでの誹謗・中傷の哀しい事件を受けて、『グローバル・ジャーナリズム』（岩波新書）を書かれた澤康臣（さわやすおみ）氏がツイッターで紹介していました。

澤氏は、「日本は匿名で言説することへの抵抗感や懐疑が希薄な国だと思う。（内部告発者など例外は無論あるが）TWも公の場、誰もが責任も誇りももって話す空間になればと願う」という文章をこの数字に添えていました。

前述した「SNSで知り合う人はほとんど信頼できる」という設問（『情報通信白書』）に対して、「そう思う・ややそう思う」が日本は12・9％、アメリカが64・4％、ドイツは46・9％、イギリスは68・3％という総務省の調査と、根本のところでは同じ状況を表していると思います。

ツイッターなどのSNSでの誹謗・中傷をどうしたらいいかは、今、法律家を中心に活発な議論が起こっています。

「匿名であること」は「表現の自由」と深い関係もあるわけで、いきなり法律を改正して厳罰化する、という流れは危険だという論調に僕も賛成します。

SNS事業者の団体が、緊急声明を出したとニュースにありました。SNSの健全利用に関する取り組みを行うという発表でした。

課題も多いでしょうが、少しでもうまく機能してくれるといいと思います。

同時に、「発信者情報開示請求」の簡略化が重要だろうと思います。

はっきりしていることは、人類はいまだ経験していないことを、手探りで進めている、ということです。誰にも分かりやすい正解があるわけではなく、試行錯誤を続けながらべストではなく、ベターな解決案を探るしかないでしょう。

いえ、ひょっとしたら、ワーストではなくワースな解決案かもしれません。でも、最悪を選ぶよりは、それよりは悪さがましなものを選ぶという対策もあると思います。

また、日本ならではの事情もからんできます。

「同調圧力」の強さと、「自尊意識」の低さが、日本の宿痾(しゅくあ)であると僕は繰り返し書いています。「宿痾」とは、「長い間、治らない病」です。

「同調圧力」から一瞬でも逃れる方法は、匿名になることです。

「旅の恥はかき捨て」ということわざがありますが、旅に出て、初めて「世間」のしがらみから自由になったと感じる日本人は多いと思います。

ＳＮＳを実名で登録することは、精神的に自由な空間に「世間」を持ち込むことです。抵抗がある人が多いと思います。

実際に、フェイスブックとかで、「知り合いですか？」と勝手に紹介されると、重たい感覚に僕はなります。

匿名でＳＮＳをやることと、自分の「世間」ではなく、「社会」を強化し、広めることとは、矛盾しないと僕は思っています。

自分の「世間」を強化するためにＳＮＳを使う場合は、仲間にだけ分かる言い方で親しく語り、他人を無視します。

「世間」の特徴は排他性ですからね。

逆に言うと、周りの「社会」を排斥するからこそ、「世間」の絆は強まるわけです。

自分の「社会」を強化するためにＳＮＳを使う場合は、知らない人と会話するスキルが求められます。ただ、感情を吐き出したり、ぶつけたりするだけだと、知らない人は相手にしないからです。

「あ、この人は私とコミュニケイトしようとしている」と分かる人とだけ、人は会話を始めますからね。

「あ、この人は吐き出してるだけだ」と感じる人とは、誰も話したいと思わないでしょう。

で、この話は道徳の話ではなくて、長い時間をかけたら、「世間」を強化することより、「社会」を強化することの方が、自分の世界が広がり、結果的には幸せになるんじゃないかと、僕は思っているということです。

（２０２０年６月）

5　集団と個人

国側と個人側

イラク戦争後の２００３年10月から12月にかけて、アメリカ軍が運営していたアブグレイブ刑務所で、イラク人捕虜を虐待していたことが内部告発により発覚、２００４年４月に虐待時の写真が公開されたことで、世界中に広く報道された。

同時期、イラク渡航の日本人３名（その後さらに２名）が現地の武装勢力により誘拐され、解放の条件として自衛隊のイラクからの撤退などが要求された。これに対し、日本国内では人質とその家族に対し、「自己責任」といった言葉で批判が起きた。なお、その後、無事に人質は解放された。

テレビでは、アメリカ軍がイラク人捕虜を虐待したと報じ、当の軍人たちは処分されたと伝えています。

そして、処分された軍人の妻たちが、テレビで「夫は上司の身代わりになって処分された」と発言しています。

日本だと、軍の決定に反抗するけしからん妻として、抗議・中傷のメールや電話が殺到するでしょうか。

どちらが正しいというのではなく、軍にも妻にも、自分の立場を明確にする〝権利〟があるのです。

「自衛隊を撤退させないと、人質を殺す」と言われたら、人質の家族には、

「自衛隊を撤退させて欲しい」

と言う〝権利〟があります。

そして、国には、

「たとえ人質が殺されても、自衛隊は撤退しない」

と言う〝権利〟があるのです。

ただし、今回、国はこう言いませんでした。言ってしまった場合の国民の感情的反発を恐れたのでしょう。

「人質救出のための最大限の努力」という言い方で、根本の問題のお茶を濁しました。

するると、人質の家族の言葉だけがクローズ・アップされます。国は努力しているのに、自衛隊の撤収を求めるとんでもない家族、という構図になって、家族は大量の中傷の言葉を浴びました。

考えてみれば、中傷の言葉を投げかけた人たちは、みんな、「国側の人たち」となります。社会的とか職業的ではなく、心情的に「国側の人たち」です。国はがんばってるんだから、文句言うんじゃないよ、という心情を持つ人たちです。

テレビで、「夫は上司の身代わりに処分された」と発言しているアメリカ軍人の妻は、「個人側の人たち」です。軍＝国の処分に反対して、夫の事情を語っているのですから、国ではなく「個人側の人たち」なのです。

でね、頭の悪そうな保守系の政治家がいつも、「日本は戦後の日教組教育で〝権利〟ばかり主張して、〝義務〟を忘れた若者を作り上げてしまった」って言うでしょう。「権利より義務だよ」なんて、『TVタックル』に出てくる政治家のほとんどが言いそうでしょう。

でもね、僕はこの言葉を聞くたびに、「ほんとかあ？」といつも思っているのですよ。ほんとに、日本人は、義務より権利を主張しているのか？　と。

『週刊新潮』を筆頭とするマスコミが言うように、人質の家族の背後に「左翼勢力」がいて、今回の事件を「自衛隊撤退の政治的潮流」にしようとしていたとしたら、彼らは、完全に「戦後民主主義教育」で育てられた日本人を見誤ったわけです。

国民は、人質の家族の要求という「個人側の人たち」の言い分を拒絶して、「国側の人たち」の意見に賛成したわけです。見事に、〝権利〟より、〝義務〟を支持しています。

政府関係者も、人質の家族の「撤退発言」に怒って、「自己責任・自己負担」を言いだしたのは間違いないわけで、そういう「論理より感情」に対して、国民は、ちゃんと支持しているわけです。それは、つまり、国民がみんな自分のことを「国側の人たち」だと思っているということです。

個人よりも、国が大切なんだよね、という言い方が分かりやすいですか。

それはつまり、第二次世界大戦の時、出征兵士に対して、「万歳！」と「お国のために死んでくる」という「国側の人たち」の言葉だけが流通して、「死ぬな」という「個人側の人たち」の言葉は圧殺されていたという構図と、まったく同じだろうと思うのです。

（忘れられない手記があって、子供が自分の父親が出征する時、駅頭で、大人達が「万歳！」と叫ぶ中、ただその子供だけが「父ちゃん、死ぬなー！」と叫び続け、大人は誰もその子供を止めず、ただ婦人達が「ほんまやなあ、ほんまやなあ」と子供の耳元でささやいていた、というものです。手記は、叫んだ子供が大人になって書き、新聞に投稿したものでした。父親は、出征したまま、二度と帰って来ませんでした)

コンビニの前にタムロっている若者たちは、グループの仲間に対して、「ビシッとしろよ!」と言いながら、結束を求めます。ケジメとかシメるとか、びっくりするぐらい古風な言葉が、最終的に使われたりします。

それはじつは、彼らが小学校や中学校で、教師から言われた言葉です。学校という〝秩序〟をなんとか守ろうと教師たちが一生懸命使った言葉を、自分たちのグループを守ろうとする時に使うのです。その言葉しか知らない、とも言えます。

「国側の人たち」という言葉は、個人よりも公のもの、つまり「世間体側の人たち」とした方が分かりやすいでしょう。

グループの決定に従うのも、つるんで行動するのも、結局は、「世間体側の人たち」に、自分を置くことです。

それはつまり、個人の〝権利〟より、〝義務〟に応えているということです。

道に平気でゴミを捨てるとか、オヤジ狩りとかは、〝権利〟を主張しているのではなく、ただ〝未開〟なだけです。

どうして「個人側の人たち」になることに、こんなに拒否反応が強いんだろうと僕はずっと思っています。

それが、僕の作家としてのテーマのひとつだったりします。

第二次大戦の時、出征する夫のじゃまにならないようにと、自殺した妻がいました。私が生きていると、夫は安心して戦場で戦えないからという理由で。そして、今も続く大手の新聞は、これを美談と報じて、大きな話題になりました。

「そんなバカな」という「個人側の人たち」の意見は無視されました。そして、妻の自殺が続いたのです。


（2004年4月）

税金を使うことと、国の悪口を言うこと

映画『靖国　YASUKUNI』は、予定されていた映画館5館すべてが上映中止を決めて、予定日の4月12日には公開されなくなったというニュースが、地味に忘れ去られようとしています（その後、5月3日より順次公開された）。

上映中止を決めた映画館の近くでは、右翼団体による抗議行動が確認されたと、新聞記事にはあります。

僕は、残念ながら台本のカンヅメにずっとなっていて、試写会に行けませんでした。なので、公開してから見ようと思っていたので、内容うんぬんの話はできません。

というか、内容を語ることが問題の本質ではないのですね。ナレーションがいっさいないとか、内容は淡々とつないだドキュメントであるとか、いかにも「そんな過激な内容ではないですよ」的な新聞記事もありましたが、それはつまり、「過激でないから上映中止にしないで」というある種のお願い的な訴えになるわけで、そんなことをいくら言っても、抗議する人には関係ないでしょう。

中国人の監督が「靖国」を撮ったという時点で、反発は始まっていると思います。時代がもうちょっと元気なら、右翼の街宣車は映画館に来るわ、だからどうしたという映画を守る人たちも映画館に集まるわで、わいわいできたのだと思います。通常、問題のある映画の時の先進国の反応はこれです。

で、ぶつかり合っているお互いが、じつは映画を見てなかったり、他人の受け売りだけで話していたりすることが分かってくるわけです。

欧米でのキリスト教や民族問題や差別問題の描写の時には、賛成する派と反対する派が映画館の周りをぐるぐるして、で、一般の人が興味津々で見に行って、「たいしたことないよね」とか「うん。確かに差別的だよね」なんていう感想を持つのです。

先進国の中で、唯一、日本が粛々と上映中止を決める国になりました。

テレビでは、ある種の〝過激〟なものを扱うことはずいぶんと前からできなくなりました。とうとう映画もそうなるのか、という暗澹たる気持ちになるのですが、じつは、もうひとつ、大きな問題があるのです。

それは、「助成金」の問題です。

こっちのほうは上映中止問題以上にスルーされそうなんで、僕は焦っています。

もともと、この映画は、文化庁管轄の独立行政法人「日本芸術文化振興会」が製作に750万円を助成したのを、自民党議員が問題視したことで、注目されました。

この助成金をもらってなければ、おそらくこんなに大問題にならず、上映中止にもならなかったと思います。

でね、「助成金」を問題にした自民党議員は、この映画に助成金を出したことは妥当ではないと言っています。

新聞記事では、どれが本人の発言なのか正確に分からないのですが、映画の試写を見た自民党議員が、「偏(かたよ)ったメッセージがある」と考えて、「助成金にふさわしい政治的に中立な作品なのか」といった論争も起きています、とまとめています。

熱血の自民党議員の発言をとりあげることが僕の目的ではないので(本気で反論することもできますが、そんな野暮なことは、この欄ですることではないので)はっきりさせておきたいのは、「政治性のない作品は存在するのか?」ということなのです。

まず、この議員さんは、「反日映画に税金を使っていることに反対しているのではない」と言っています。

これはとても大事。

文化度の低い国だと「税金使って、国の悪口、言ってるんじゃないよ」と平気でマスコミは書きます。

昔、反体制的な演劇人が、国の援助で海外公演をした時に、「国に文句を言ってる奴が、国からカネもらって公演するなよ」と本気で怒っていた街の人たちがいました。別に政府関係者じゃなくてね。

で、こういう発言をする人に、「えっ⁉ ということは、反体制的な演劇人はそもそも、税金を払わなくてもいいんですか？」と、僕なんか聞きたくなるわけです。

「国からもらったカネ」は国のカネではなく、税金です。国が恵んでくれたカネではなく、国民が出したカネです。出さないと罰せられるお金です。趣味で出しているのではありません。

そして、国民の中には、与党を支持している人もいれば野党を支持している人もいます。野党を支持するとは、その時の政府に対して反対している人たちです。その時の政府に反対していても、税金は出すのです。それは、税金が思想信条に関係なく等しく国民に対して使われるものだという前提を当然としているから、僕たちは税金を出すのです。

反体制だから税金を使ってはいけない、というのなら、税金のシステムそのもの、ひいては国家の根幹が揺らぎ、国民は自分の支持政党が野党に転落したら税金を払わなくていいと思うようになるのです。

靖国神社に対して賛成している人も反対している人も、等しく収入に応じて税金を出します。政府に対する忠誠度で税金を出すのではありません。

「反日映画に税金」と煽った週刊誌がありましたが、靖国のように国論を二分する問題を、反日と決めつけて、それに税金を使うなというのは、全体主義国家の文化度です。

で、問題は次のレベル。

この自民党議員さんは、この映画が「政治的宣伝の意図」があって、政治的中立ではない、と言います。

で、僕は内容うんぬんではなくて、「政治的中立でない作品に助成金を払うのはいけないのか？」「そもそも、政治的中立とはなにか？」を問題にしたいのです。

じつは、この問題は「宗教問題」と言えます。政治問題のふりをした宗教問題と、政治問題を分けないといけないのです。

どういうことか。例えば、「キリスト教とイスラム教、どちらが価値があるのか？」なんていう愚かな議論をする人はいないでしょう。するのは、各宗教の原理論者だけです。「この宗教に価値があるのか？」という質問は、議論すべき問題ではありません。それは信じるか信じないか、という問題です。

新聞記事を見ると、映画館に抗議している人の中に「映画は見てない。上映することがそもそも問題なのだから、見る必要もない」と答えている人が何人もいました。これは、政治問題ではなく宗教問題の発言です。

チベット問題は、純粋に政治問題です。ダライ・ラマ14世の価値を問題にしているのではなく、人権と自由の問題です。これは、議論になります。どれぐらい中国がチベットを圧迫しているのか、それは議論になります。でも、ダライ・ラマ14世の宗教的価値は、議論すべきことではありません。

僕は、政治問題としての上映中止問題を語ろうとしているのですが、宗教問題としての靖国問題を語る人には、それが許せないようです。

僕は靖国神社の宗教的価値を問題にしているのではありません。政治問題としての「助成金の意味」です。なぜなら、それは、政府を支持するしないにかかわらず、国民が等しく払った税金だからです。

さて、この映画は文化庁管轄の独立行政法人「日本芸術文化振興会」から750万円の助成金が出ていると書きました。

これが妥当ではないという自民党議員はまずこれが、日本映画ではないからダメなんだと言っています。

が、この論点に関しては、とても戦術的で本気ではないと僕は感じます。だって、「日本映画とは、日本国民、日本に永住を許可された者又は日本の法令により設立された法人により製作された映画をいう。ただし、外国の製作者との共同製作の映画については振興会が著作権の帰属等について総合的に検討して、日本映画と認めたもの」という、助成金の要項を紹介しながら、なおかつ、この議員は、「映画『靖国』の製作会社は日本法により設立されてはいる。しかし取締役はすべて中国人である」という訳のわからない議論をしているからです。日本の法令によって成立された法人なのですから、これは、手続き上も日本映画です。

でも、そんなしちめんどくさいことを言わなくても、日本国民が興味のあることを撮れば、それは日本映画としていいのです。それぐらいの文化的太っ腹さがなくてどうしますか。フランスでは、国家的イベントで、国歌を平気で外国人が歌います。うまい歌手が国歌を歌うことが、国民にとってプラスになると思っているからです。

で、次の論点「助成金にふさわしい政治的に中立的な作品なのか?」です。

この問いかけに関する僕の答えは二つです。

ひとつは、「どんな作品も政治的に読むことは可能であり、政治的文脈から無縁なものはない」というものです。

実際、今回の問題で、この自民党の議員さんは、上映中止になることに戸惑っているというコメントを出しています。それではまるで自分が表現の自由を抑圧したようにとられるというのです。

すべての作品は政治的に解釈される、というのはこういうことです。戦時中、おとぎ話の『桃太郎』が敵国征伐に出るアニメとして作られたのは有名な話です。どんな作品も、政治的になりうるのです。

この議員さんが、いくら「助成金を問題にしたいのであって、上映中止を求めてるわけではない」と言っても、政治的な文脈の中に簡単に組み込まれるのです。

もうひとつの答えは、「だって、政治的にもめる作品の方が面白いに決まってるじゃないか。誰にも反発されず、誰の議論も生まないような作品は、昨日の飲み残しのビールみたいに気の抜けたものなんだよ」ということです。

この議員さん達は、政治の人で、芸術の人ではないので想像できないかもしれませんが、本当に突出した作品は、すぐれて政治的なものです。そして、そういう作品にこそ、税金を使うべきなのです。

この世の中には、政治的に中立な作品なんか存在しない。どんなに注意深くそういう作品を作っても、簡単に政治的な文脈の中に取り込まれてしまう。そういうことです。

でね、僕が一番、恐れるのは、今回の事件以降、「日本芸術文化振興会」が政治的と思われる作品に助成金を出すことをためらうようになることなのです。自民党議員の顔色をうかがい、問題の起こりそうな作品は、お役所的保身作業でとりあえずパスするようになるとしたら、この議員達のしたことは、文化的事業をひとつ破壊したことになると思っているのです。

あえて書きますが、昔、フランスの演劇人と政府の助成金について議論していて、「じゃあ、『ミッテラン大統領はバカである』というテーマの作品に助成金は出るの？」という僕の質問に、「出るに決まっているじゃないか」と当然すぎて困惑した答えをもらいました。

この自民党議員達に求められていることは、助成金に抗議することではなくて、一刻も早く、この自民党議員達が納得する「靖国問題」を扱った映画を企画し、助成金を申請し、『本当の靖国』というタイトルで映画をプロデュースすることです。

それが、本当の意味で助成金を国民のものにすることなのです。

（2008年4月）

自分を殺して目上の心情を忖度する

日本に外国人演出家がやってきます。だいたい、欧米の演出家ですね。日本で日本人俳優を演出して、日本語の作品を発表するわけです。

彼らと知り合い、親しくなると、ふだん、彼らが絶対に言わないことを聞いたりします。

それは「日本人俳優はものすごく演出しやすい」ということです。

日本人俳優が上手いということじゃないですよ。

例えば、「そこで急に大声で話して欲しい」と演出したとします。

欧米の俳優なら、「なぜ、急に大声なの？」と、「大声で話す理由」を演出家に聞きます。

それは反抗しているとか、文句を言っているということではなく、ごく自然に動機を聞いているのです。

で、納得できる理由があれば大声で言うし、納得できない理由だと「言えない」と演出家に答えるという、ごくシンプルな展開になります。

この時、演出家の大声で話して欲しい理由が「あきらかに、そのセリフは大声で言ったら面白い。観客は間違いなく笑うと思う」だとします。

でも、この理由は、「大声で」と求められた俳優の役の気持ちとは何の関係もありません。

「嬉しくて思わず大声になる」とか「相手が離れたので聞こえるように大声になる」というのは、俳優本人が納得する「大声になる理由」です。

自分の役の気持ちとつながっていますからね。

でも、「大声で言ったら観客が笑う」とか「静かなシーンが続いているので、観客の注意を集めるために大声で言う」なんてのは、俳優の動機となんの関係もないわけです。

でも、演出家としては、シーンを面白くするためには、どうしても大声で話して欲しいと感じたとします。

そうすると、そこから演出家の腕が試されます。

なんとか、俳優を納得させる理由を考え、場合によってはでっち上げるのです。

「君は急に嬉しくなったんだ」とか「急にさっきの会話を思い出して腹が立ったんだ」と

か、最終的には、嘘でもいいので、大声になる理由を「発明」するのです。

そして、俳優が「分かった」と納得してくれればシーンは演出家の狙い通り生き生きしたものになるし、俳優が納得できなければ、観客が思わず眠ってしまうような退屈なシーンになるのです。

欧米では、こうやって演出家と俳優は交渉し、〝戦い〟ます。

でも、日本に来て、日本人俳優を演出すると「そこで急に大声で言って欲しい」と言うと、ほとんどの俳優が「分かりました」とすぐに答えると言うのです。「だから、日本人俳優はものすごく演出しやすい」と欧米の演出家は口を揃えて言います。

力のない演出家、未熟な演出家からすると、楽園のような現場です。俳優の気持ちではなく、簡単に演出家の都合を優先してくれるのです。

もっとも、「演出しやすい」と、正直に僕に話してくれる演出家は、このことが、「楽だ」とか「素晴らしい」とか思っていない人達です。

彼らはとても不思議がります。

「どうして、何の説明もないまま、受け入れるのだろう」と。

ある演出家は、思わず、日本人俳優に「どうして大声で言うの？」と質問したそうです。日本人俳優はキョトンとした顔で「だって、あなたが大声でと言ったから」と答えたそうです。

この答えにイギリス人演出家は驚きました。どうしてそんなに簡単に自分の気持ちを手放して、演出家の気持ちになれるのか。あなたは自分の気持ちで生きてないのか？「まったく理解できない」と彼は嫌悪の表情で言いました。

演技をするということは、その役の気持ちになるということです。人間を演じるわけですから、その人物の感情をずっと生きます。その時、突然、「演出家の気持ち」に切り換えられるメカニズムが分からないということです。

でも、俳優だけではなく、私達日本人は、自分を殺して目上の人の気持ちに寄り添うことを美徳とか当然のことだと思いがちです。

そして、目上の人である演出家に異議をとなえることは、「芝居を作るということは大変なことなんだから、批判とかしてる場合じゃない」と思ってやめるのです。

（2020年4月）

特攻隊と残念な職場

『残念な職場　53の研究が明かすヤバい真実』（PHP新書）を出された河合薫（かわいかおる）さんから対談の指名を受けました。

ブラック企業やブラックバイトと『不死身の特攻兵　軍神はなぜ上官に反抗したか』（講談社現代新書）が似ているという理由からです。

『残念な職場』を読んで、なんだか情けなくて笑ってしまいました。河合さんは、いろんな職場の調査や相談を受けているので、じつにケースが具体的です。そうか、日本の職場はこんなになっているのか、なんだか70年以上前と似ているなあと、とほほな気分になります。

だいたい、1時間当たりの労働生産性がOECD加盟国中20位、主要先進国7ヵ国中最下位（2017年）なんですからねえ。つまりは、休暇を満喫し、愛を語らい、人生を楽しんでいる（に決まっている）スペインやイタリアより低いんですから、日本人はなんのために長時間労働してるんだあ！　と叫びたくなりますね。

特攻は最初、艦船を沈めることが目的で死ぬことを選んだのですが、やがて途中から、「死ぬ」ことが目的で、艦船を沈めることは二の次になりました。9回出撃して9回帰ってきた佐々木友次さんは「とにかく、死んでこい！」と何度ものののしられたのです。

これなんか、仕事を仕上げるために残業していたのに、いつのまにか「残業すること」が目的になってしまった職場と似ています。上司がいるから仕事が終わっているのに帰れないとか、定時に帰っているとなんか言われそうで怖いなんて職場です。

初期の特攻に対して、アメリカ軍はすぐに対応策を打ちました。レーダー網の充実、戦闘機の増配備です。

事実をちゃんと見つめたのです。

特攻の成功率がどんどん減っていく中、日本軍は事実を見つめませんでした。精神力さえあれば、結果はついてくると信じたのです。

バブル崩壊後、「銀行の不良債権」というレポートを発表したイギリス人経済アナリストのデービッド・アトキンソン氏のことが『残念な職場』では紹介されていました。

このレポートでは、不良債権の総額を当時の大蔵省や銀行の試算を大きく上回る20兆円として「銀行経営の喫緊の課題は不良債権」としました。が、発表されるや「そんなわけがない！」「日本経済を潰す気か！」とバッシングの嵐が起きました。それに対しアトキンソン氏は「日本人はファクトを見ようとしない」と反論したのです。

そして、このレポートに沿って調べていくと不良債権の山が見つかったのです。正確な数字は未公表ですが、一部では20兆円をはるかに超える額だったとも報じられています。

日本人だって、見る時はちゃんとファクトを見ます。見なくなるのは、「見たら大変なことになる」予感がする時だけです。アジア・太平洋戦争の初期は、ちゃんと現実を調査・把握していました。見なくなるのは、ミッドウェー海戦以降の負け始めてからです。この時は、リアルではなくファンタジーにすがりがちになるのです。とほほ。

以前、若い女性の過労自殺が問題になっている時に、「月当たり残業時間が１００時間を超えたぐらいで過労死するのは情けない」と某大学教授がコメントして炎上したことがありました。

これに対して河合さんは、「裁量権」のあるなしは、極めて重要な問題だと言います。

大学教授という職には、裁量権（自分で決める自由）が一般的なビジネスマンよりはるかに多いのです。休む時間、がんばる時間、その配分がわりとコントロールできます。つまりは、自分の体調と精神に対して自分で責任が取れるのです。

けれど、裁量権の少ない職場は、たとえ残業時間が少なくても過酷なものになります。定時に帰れても、トイレに行く時間が決められている職場は（実際に珍しくないですが）肉体的にも精神的にもハードになります。

熟練パイロットだった佐々木友次さんが、9回の出撃命令を受けながら、落ち込まず、絶望せず、不条理な罵声に耐えられたのは、パイロットという「裁量権」の多い任務だったからではないかと僕は思っています。

階級が上であろうが下であろうが、大空に飛び立てば技量だけがすべてになる。

そこで、佐々木さんは、束の間の自由を満喫したのではないか。

その時間が佐々木さんに勇気と力を与え、ブラックな組織で生き延びられたのではないかと思っているのです。

（2018年5月）

不合理な謎ルールが職場で蔓延する理由

僕が司会をしているＮＨＫ－ＢＳ１『ＣＯＯＬ　ＪＡＰＡＮ』で、日本で働いている外国人の特集をしました。外国人から見た「日本の職場はどうしてこうなの？」という疑問を集めたのです。

いやあ、もう、出る出る。

ブラジル人男性が、職場の初日、寒かったのでコートを着てデスクワークをしていたら、上司から肩を叩かれて、「コートを脱ぎなさい」と言われたそうです。

ブラジル人男性は、ＩＴ関係なのでパソコンでずっと仕事をしていたのですが、「コートを着れば、体も冷えず、効率的に仕事ができます」と答えると、「職場では、コートを脱ぐものだ」と許してくれなかったそうです。

しょうがないので脱ぎ、寒さに震えて、仕事がなかなかはかどらなかったと言います。

これなんか、「ブラック校則」の考え方が、そのまま社会に広がっているという感覚ですね。

コロナ禍で、換気のために窓を開け、冬は冷たい風が教室に入っても、制服の上にカーディガンを着るのは校則違反だからダメと言われた生徒達と同じですね。

生徒の体より校則、作業能率より職場の見た目、という見事な相似形ですね。「一番重要な目的は何か？」が忘れられているのです。

合理的な考え方からすると、これは、「謎」そのものです。

他には、「話すことがあろうとなかろうと、毎週、必ずスタッフミーティングをしている」

「新しいテクノロジーがあるのに、いまだにFAXや紙書類を使う」

「上司や先輩は神のように偉すぎて、意見があっても言えないから、ビジネスチャンスを逃している」

「職場にドレスコードが多すぎる。完璧な化粧やヒールが、どうして仕事に必要？」

「職場が静かすぎる。そのくせ、『おつかれさま』だけは、一日何十回も言っている」

「サービス残業が当たり前になっている」

「サインより偽造が簡単なハンコの方が価値がある」

「ランチを取りながら打ち合わせをするのが当たり前で、全然、休憩になっていない」

「社歌があって、月初めとかに歌った。まるでカルトのようだった」
「ＩＴチームなので、すべてをリモートでできるのに、45歳以上の人達はオフィスに行くことを強く望んでいる」

などなど。

番組では日本で働いている8人の外国人をスタジオに呼んだのですが、番組収録が終わらないいんじゃないかというぐらい、いっぱい出ました。

アメリカ人女性は、「職場の疑問を言えって言うなら、何時間でも言える！」と興奮しながら悲しがっていました。

みんな、アニメだったり日本文化だったり、いろんな理由で日本が好きで日本に来た外国人なので、好きな日本で「理解できないこと」があると、悲しくて、つらくて、憤慨するのです。

僕が何度も書いているように、こういう「合理的な考え方からだと、どう見ても謎なルール」は、「世間」の特徴です。

知り合い、身内が集まった空間は、その関係が強くなればなるほど、「謎ルール」が生まれます。

「謎ルール」は身内だけに通じるもので、「社会」では通用しません。

当然、「謎ルール」が多い会社は、競争力がどんどん低下します。

「ユニコーン企業」と呼ばれる「評価額が10億ドル以上の未上場のベンチャー企業」は、2021年の調査で世界で729社でした。

このうち、アメリカ374社、中国151社。この2国で、全体の7割強。日本はなんと、6社しかありません。この数字は韓国よりも少ないです。

「利益をあげる」という最上位の目的のために、「どうしたら働きやすい環境を作るか？」を追求するのは、「世間」ではなく「社会」に生きる外国人からすると、きわめて当然なことです。

だからこそ、そうしない日本の職場が不思議で謎で理解できないと悲鳴を上げるのです。

あ、悲鳴を上げているのは、日本人も同じですね。一つでも「謎ルール」を減らしたいものです。


（2021年4月）

6　学校現場はいつもたいへん

増え続けるいじめの自殺をなくすために

2006年8月、愛媛県今治市の中学1年生の男子生徒がいじめられていたとの遺書を遺し自殺。10月には1月に死亡していた北海道滝川市の小学6年生（当時）の女児がいじめられていたとの遺書を遺していたという報道がされ、遺書の取り扱いをめぐる市当局の無責任とも取れる対応を含め大きく報道される。同月には福岡県の中学2年生の男子生徒がいじめを苦に自殺。

連鎖（れんさ）する「いじめの自殺」について、どう思いますかというコメントを求められるようになりました。

そもそも、マスコミ報道が、連鎖を生んでいるんだという意見があります。マスコミが、いじめゆえの自殺を報道するから、自殺は続くんだ、というわけです。

といって、報道をやめることは難しいでしょう。学校（教育委員会）側が、臭いものにフタをして、「いじめは存在しない」というスタンスを取り続けたいと思っている限り、マスコミは、報道をやめてはいけない、という面もあります。

けれど、マスコミの報道が、連鎖を生むことは事実でしょう。あなたも僕も知っているように、マスコミは、とりわけ、若くナイーブな年頃に対しては、圧倒的な影響力があるのです。

ということを前提にすると——

いじめが起こったら、無理に学校に行かなくていい、という意見に、僕も賛成です。

賛成ですが、不登校や転校を勧められるのは、いつも「いじめられた側」です。

が、これ、ちょっと考えれば、ものすごくおかしい理論だと分かります。

どうして、「いじめられた」上に、転校するという二重のマイナスを背負わなければいけないんだろう、という素朴な疑問です。これでは、人生、あまりにも不公平です。

じつは、転校するのは、「いじめた側」でなければいけないのです。

「おまえは誰々をずっといじめている。目撃者も証言者もいる。お前は、いじめをやめるつもりがないようだ。なので、お前を強制的に転校させる」というのが、正しい筋道だと思うのです。

と、書くと、現場の教育関係者は、「そんな非現実的なことが言えるわけないだろう」とすぐに反論するでしょう。

「強制転校と言われた子供の親はなんて言うと思うんだ？」というのが、一番の問題でしょう。

もちろん、僕も、今は非現実的だと思っています。

だからこそ、マスコミの影響力が必要なのです。

今、マスコミは、「いじめられたら、学校を転校してもいい。不登校になってもいい」という論調になっています。もっと前は、「戦え」とか「教師に相談しろ」とかが主流でした。そして、それは、（少なくとも一番）有効な解決方法ではないと、みんな分かりました。

で、「転校・不登校」キャンペーンです。これで、ずいぶん、いじめられている子供は気が楽になり、学校から逃げられるようになっていると思います。

ですが、これは、いじめられている側が二重のマイナスを負う方法なのです。

なので、マスコミが、「いじめている側を強制的に転校させろ」というキャンペーンを張るのです。

いじめは犯罪であり、犯罪をやめない人は、最終的には転校させるべきなんだ、という主張です。

それが、当たり前になれば、親も文句は言わなくなります。だって、いじめから逃げるために「転校・不登校」が当たり前だというキャンペーンの前は、親は「とことん話し合え」だの「戦ってこい」だの言っていたのです。事態は、そんなレベルじゃないんだ、とマスコミに教えられて、意識が変わったのです。

いじめは陰湿、多様化しているんだから、主犯格を見いだすのは難しい、という意見もあるでしょう。けれど、いじめは、あるレベルを越えれば、絶対に証拠は残り、目撃者は存在するのです。

クラス全体で冷たく無視しているレベルから、汚い言葉を投げかけ、お金をせびり、ズボンを下ろすようになれば、何人かの主犯格は特定されるのです。

これは、日本国民の全体が、「いじめをしている奴を転校させるのはしょうがない」という共通意識を持たないと、もちろん、実現できません。そうなって初めて、教師は毅然といじめをしている子供と親に当たれるのです。

もちろん、いじめていた子供は、強制転校と聞いて、「いじめてなんかない！」と主張するでしょう。

けれど、教師は、目撃者と証拠で判断して、転校を決めるのです。

そんな裁判官と警察を合わせたみたいなことができるわけがない、と現場の教師は言うでしょう。

その役割を放棄したからこそ、「いじめの自殺」の連鎖は続いているのです。

「いじめられている」と相談されても、どの立場も取れないからこそ、ただ、「当事者同士でよく話しあってくれ」とか「いじめはよくないぞ」とか言うしかないからこそ、子供たちは教師を信頼しなくなるのです。

いじめられる側が転校する選択肢があるのなら、いじめる側が転校する選択肢もあることを、国民の共通の合意にする。それが、今、マスコミが一番作らなければいけない「いじめ」に対するイメージだと思うのです。

そして、それは、窒息（ちっそく）しそうな学校と教室に、すこしは風を送る方法だとも思っています。

いじめた子供と親は、強制転校に間違いなく反対します。その時、国民の合意を受けて、教師が目撃者と証言をぶつけます。そこで、議論は起こります。世論の後押しがあるので、教師もきっぱりと戦えるでしょう。

大切なことは教育委員会を巻き込むことです。「いじめ」は存在するのが当たり前。隠す必要なんかない。このいじめた子供を転校させるかどうか、親と子供と学校と教育委員会で、具体的に話し合うのです。

この議論は、物別れに終わろうが、どちらかが納得しようが、教育現場に風を送ることになると思うのです。少なくとも、校長も自殺する、なんていう悲劇に一気に飛ばない方法のひとつだと思うのです。

（2006年11月）

図書館と逃げ場所

8月26日に、鎌倉市図書館の公式ツイッターがつぶやいた言葉が、1週間ほどで、10万リツイートを越しました。話題になったので、見た人も多いでしょう。僕も、すぐにリツイートしました。

「もうすぐ二学期。学校が始まるのが死ぬほどつらい子は、学校を休んで図書館へいらっしゃい。マンガもライトノベルもあるよ。一日いても誰も何も言わないよ。9月から学校へ行くくらいなら死んじゃおうと思ったら、逃げ場所に図書館も思い出してね」

このツイートは、いくつかの点で非常に優れていると感じます。

一つは、これが税金で運営されている組織の「公式アカウント」の発言だということです。「公式」で、このレベルの柔軟なつぶやきはなかなかできません。

予想通り、このツイートが話題になった後、「鎌倉市の教育委員会がつぶやきの削除を検討していた」というニュースが流れました。

取材したJ－CASTニュースによると、削除を検討した理由は、「ツイートの中に、

『死ぬほどつらい』『死んじゃおうと思ったら』という言葉があること」だと言います。

「26日のうちに、市教委の各部署から10人ほどが集まってツイートのことを話し合うと、『これらの言葉は、死を連想させる』としてツイートを削除すべきとの意見が数人から出た。つまり、ツイートを読んだ子供達の自殺を誘発してしまうのではないか、という懸念だ。それは、新聞社などが特集を組むと自殺を誘発しないかと扱いに慎重になるのと同じことだ」という記事でした。

あらゆる角度からの突っ込みに身構え、少しでも問題の原因になりそうなことをつぶしていこう、という「お役所体質的発想」なら、この判断は間違ってないと思います。

ただし、そうなると、世の自治体関係の「公式アカウント」のほとんどのように、「ただ、事業告知やイベント内容」だけしかつぶやけなくなり、結果的に、誰も関心を向けなくなるのです。もちろん、それでも、「情報を発信している」という大義名分は立ちますから、何の問題もありません。

鎌倉市図書館のツイートが素晴らしいのは、そういう「誰が考えても安全な方法」から遠く離れて、「内容のあること」をつぶやいたことです。一人の女性司書の言葉だそうですが、本当に素敵だと思います。

そして、このツイートを削除しなかった図書館長も同じく素敵です。

このツイートが素晴らしい二つ目の理由は、図書館を「逃げ場所」としてちゃんと定義したことです。

このツイートに対して、図書館はこんなつぶやきをしたんだから、学校をサボった子供達に対するフォローができるんだろうなというような批判が来たそうです。子供をほったらかしにすれば、不登校助長につながるという指摘です。

ですが、何も言わず、声もかけず、放っておくからこそ、「図書館」は逃げ場所になれるのです。

一見、逃げ場所のふりをしながら、「根掘り葉掘り聞かれる場所」ならば、子供達は絶対に来ないだろうと断言できます。

図書館とは本来、そういう場所なんだ、という言い方もできますが、そもそも「フォロー体制ができないなら、『逃げ場所』として名乗りを上げてはいけない」なら、子供達が生き延びられる場所は、うんと少なくなるでしょう。

9月1日が、子供達の自殺率が一年で最も高まる、ということから、NHKの番組の取材を受けました。

本当にいじめられている時は、「自分は何をしたらいいのか」という適正な判断ができません。ただ、現実が嫌で、でも、どうしたらいいか分からず、日常を繰り返すしかないのです。

そこで、泣いたり抗議したり大人に現状を訴えたりできるのは、まだましな状況の子供達なのです。

本当に追い詰められている子供は、何を始めていいのか分かりません。そういう時に、「手軽な」「逃げ場所」を、ひとつひとつ具体的に挙げていくことは、「死ぬ可能性」を減らします。

「図書館」のツイートに対して、「僕は『楽器売り場』に助けられました」とツイートしている人がいました。一日、楽器をいじりながら時間をつぶしたそうです。

逃げ場所の情報は多ければ多いほどいいのです。

（２０１５年９月）

無敵の言葉と窮屈な時代

正月にちょっと変わった同窓会に出てきました。

僕が高校2年の時の担任の先生を囲む同窓会です。僕は、高校の同窓会に一度だけ出たことがあります。それは、高校を卒業して20年目のことでした。

そういう時、担任だった先生も参加したりします。ただし、高校3年生の時の担任の先生です。高校1年とか2年の時の担任の先生と会う機会はなかなかないのです。

で、元のクラスメイトが高校2年の時の担任の先生と再会し、先生の授業付きの同窓会を企画したのです。

先生は、国語の先生でしたから、現代国語と古典を担当していました。

僕が参加者の出席を取って、授業は始まりました。

出席者は、25人ほど。

最初に、あの当時の話になりました。

じつは、その時のクラスでは、夏休みにクラスでキャンプに行っていました。

同窓会では、先生の授業を受けた他のクラスの生徒も来ていて、「お前達のクラスは、夏休みにキャンプへ行ったので、俺達は、とてもうらやましかった」と言われました。

誰が言い出したんだ？　と聞けば、「鴻上が言い出したんだ」と言われました。

まったく記憶がなかったのですが、どうやら、僕がクラスで泊り込みのキャンプに行くことを提案したようでした。

で、先生がしみじみと、「あの頃は、今のような締めつけが強くなってしまうギリギリの時期だったなあ」とおっしゃいました。

「そんなキャンプなんか行って、もし事故でもあったら、どう責任取るんだ」と突っ込まれても、「まあ、行ってきますから」とギリギリ言える時期だったとも、おっしゃいました。

それ以降、もうクラスで担任と一緒に夏休みにキャンプに行くなんてことはなかなかできなくなったと、先生は付け加えました。

なんだか、急に高校生に戻ったような気持ちになって、「なるほど、僕達がノン気に〝キモだめし〟なんかで盛り上がっていた時に、先生はそんなことを考えていたのか」としみじみしてしまいました。

「もし、キャンプなんかに行って、事故でもあったらどう責任取るんだ？」というのは、無敵の言葉です。あんまり無敵過ぎて、この言葉を使う人は、あまり頭がよくないだろうと思うぐらいの無敵な言葉です。

この言葉に勝つ言葉はありません。だって、事故があったら、責任の取りようがないからです。キャンプ場近くの川で溺れて死んだとしたら、責任なんか取れません。切腹しても責任を取ったことにはならないでしょう。

だから、結局、「キャンプに行って、事故があっても責任なんて根本的に取れないから、キャンプなんか許可すべきでない」という流れになります。

この言葉に、頭の悪さを感じるもう一つの理由は、「もし、事故が起こったら」というゼロか100の可能性だけを問題にしていることです。どんなことをしていても、事故の可能性はあります。お風呂で溺れる人もいるし、家の階段から落ちて死ぬ可能性だってあるのです。

そうすると、「運動会なんかして、練習中に骨折して、それが複雑骨折で、一生、後遺症が残ることになったらどう責任取るつもりだ？」とか「修学旅行なんて行って、もし、列車事故にあったらどう責任取るつもりだ？」とか「学校に登校なんかして、途中で交通事故にあったらどう責任を取るつもりだ？」という質問だって立派に成立します。

今は「そんなバカな」と感じるかもしれませんが、それは、ただそんな気がするだけで、質問の意味としては、「もし、キャンプなんかに行って、事故でもあったらどう責任取るんだ？」と同じです。

その昔は、この質問に対して「何をしても事故が起きる時は起きるんだから、そんなこと言っても意味ないですよ。キャンプ場に行くんだから、そんな心配してもしょうがないです」と答えていた人が、ある時から「そうですよね。事故が起こったら責任なんか取れませんからね。許可しないようにしましょう」に変わったわけで、運動会も修学旅行も登校も、そうならないという理論的根拠はないのです。

で、僕は時々、教育問題に関してコメントを求められるのですが、結局、学校がやばくなっているのは、この質問に象徴されていることなんじゃないかと思うのです。

つまり、なにをやっても突っ込まれてしまうという現状の中、なにかをやる根拠を持てないまま、困惑してるんじゃないかと思うのです。

今、生徒の要望を聞いて、夏休みにクラスでキャンプに行こうとする担任なんて人がいたら、それはもう、感動的に勇敢（ゆうかん）な行動になるでしょう。父母が突っ込み、教頭・校長が突っ込み、マスコミが突っ込むでしょう。

いったい、いつから、どーして、こんなことになってしまったのかと、僕はいつも思っています。

それはマスコミのせいなんだ、と僕に手紙を書いてくれた先生がいます。キャンプを許可しないと「生徒を管理・抑圧する教師」と書き、もし、キャンプ場で事故が起こると「ずさんな管理、生徒を放任」と書くマスコミが、今の事態を作ったのだと。

僕にはよく分からないので、いじめ問題は答えても、学校の教育問題に関して、コメントを断っています。学校に適当なムダとすき間があれば、生徒も先生もずいぶん助かるだろうということだけは分かっています。でも、かつて学校にあった適当なムダとすき間がどうしてなくなったのかがよく分からないから、黙っているのです。

（2001年1月）

そして大学は清潔につまらなくなる

チラシ一枚、ポスター一枚貼るのに、許可のいる大学が増えています。いえ、許可なく、チラシやポスターを勝手に貼れる大学の方が、少数派になっている時代と言った方がいいのでしょう。

法政大学も、2006年2月、いきなり立て看板、ビラを貼ることが許可制になりました。そして、抗議した人たちが逮捕されて、話題になりました。

僕は、法政の文化連盟のHPを毎日見ながら、ずっと状況を追っていました。抗議した主体のひとつに、新左翼を代表するセクトがいるので、一般学生が「かんけーねーよ」と思っている傾向が強いのだと思います。

そのセクトがかつてしたこと、今していることを語り始めると、問題はどんどんこんがらがってくるのですが、それでも、貼りたいチラシ、貼りたいポスターをいちいち学生課なんかの許可なんか取らないで、好きに貼ることが大学が大学であるための大切な条件だと僕は思っているのです。

たまに、講演会とかでいろんな大学に呼ばれます。整然とした大学は、掲示板に貼られたポスター、フライヤーすべてに学生課の許可のハンコが押されています。

まるで、校則の厳しい高校のようです。

そういう学校で行う講演会の反響は、これまた、高校のようで、お行儀のよい学生がお行儀よく聞いて、お行儀よく解散するだけです。目をギラギラさせた学生が、半ば失礼なことを言いながら近寄ってくる、なんてことはありません。

カルチャーセンターより手応えのない反響だなと、悲しくなります。今、カルチャーセンターに呼ばれると、アラシックス（60歳前後ね）とかアラセー（70歳前後ね、というか、こんな言い方するのか？）の女性が、じつに元気に質問してくれます。

整然とした大学からは、何が生まれるのでしょうか。大学は、何かを生むことより、無事に卒業してもらうことが目標なんでしょうか。

母校である早稲田はどうなっているのでしょう。すべてを許可制になんてしていたら、もう、積極的な混沌から何かを生む、大学の可能性はなくなってしまったといえるかもしれません。

僕が学生時代、大隈講堂前に、無許可でテントを建てて芝居をしました。

当然、大学は「今すぐ撤去しろ」と抗議しましたが、「これ、建てるのは、数時間ですけど、壊すのは1週間ぐらいかかるんですよ」とトボけて、1週間の公演をやり抜きました。

それは、1960年代、学生運動の華やかだったころ、学生たちが大隈講堂の中でたき火をして芋を焼いた、なんていう記録を読んでいたからです。

大学側が大慌てで教授会を開いて機動隊の導入を決めた時には、学生たちは、出来上がった焼き芋をみんなで食って解散していたそうです。

それに比べたら、大隈講堂前に芝居用のテントを建てるなんてのは、可愛いもんだと決めたのです。もちろん、お互いさまの世界ですから、大隈講堂の行事予定をちゃんと調べて、一番、イベントの少ない5月の連休を中心にスケジュールを組みました。迷惑をかけ過ぎない、という心遣いも大切なのです。

あなたがサークルを勝手にでっちあげたとしますわな。ほんの思いつきのサークルです。ものすごくくだらないサークルですね。そういうサークルのビラを大学に提出して、学生課のハンコをもらうっていう気持ちにはなかなかならないもんです。

また、なにかを主張したくて文章を書いても、それをＳＮＳや個人ブログに発表するのと、大学の廊下に張り出すのでは、確実に届く範囲は違うのです。

学生時代、キャンパスを歩いていると、ピンクに塗られたコンクリートブロックが一個だけ、道の脇に落ちていました。長方形の、よく塀に使われるタイプのものです。なんだろうとよく見ると、「芸は身を助ける 劇団『みどりちゃん』劇団員募集」という文字と電話番号が書かれていました。僕は思わず、唸りました。きっと、声高に募集するのは恥ずかしかったのでしょう。

こういう無茶苦茶な混沌が、大学を面白くするのです。

許可制にしないと、得体の知れない宗教団体や過激派セクトに地方からでてきた素直で免疫のない学生が取り込まれてしまう——という心配があるのでしょうか。それはもっともですが、そういうものに免疫をつける場所が、大学なのです。商業的にだけさらされ、政治的にも宗教的にも高校まで無菌のまま育てられた若者が、やっと、うさん臭いものや得体の知れないものに接する場所が、大学だったはずなのです。

大学生が大麻で捕まっても、大学側が謝る必要なんかないのです。親じゃあるまいし。大学が大麻、育ててたわけじゃあるまいし。20歳前後になって、監督責任なんてあるわけがないのです。

相手を子供扱いしながら、「本当に子供なんだから」と嘆く、日本人が大好きなパターンは、お互いの首をしめるだけだと僕は思っています。

相手が子供でなくなって欲しいと思ったら、子供扱いをやめるのです。それだけのことです。

あれだけ「自己責任」で盛り上がったのですから、どんなビラを受け取り、どんな立て看板に興味を示すかは、「自己責任」なのです。

すごく恥ずかしいことを書けば、子育てとは、「ちゃんと守り育てること」ではなく、「ちゃんと自立できる子供にすること」なのです。それは、教育も同じです。

許可がないと、チラシも立て看板も置けない大学しか日本になくなったら、本当にこの国の息苦しさは想像を超えたものになると思っています。

（２００６年２月）

7　希望は西にあり!?

大阪人の気質に大発明誕生の素養を見た！

僕が司会をしているNHK-BS1の『COOL JAPAN』で大阪に行ってきました。

テーマが『大阪』だったのです。

日本にまだ馴染んでない外国人を連れて、通天閣に登ったり、ソース二度漬け禁止の串カツを食べたりしたのですが、大阪城公園で衝撃的な体験をしてしまいました。

水戸黄門の印籠（いんろう）を持った外国人が、つたない日本語で、「コノインロウガ、メニハイラヌカ〜」と、突然、話しかけるのです。

で、大阪人のリアクションはどうなるのか？　というロケでした。

その前に、東京で同じロケをしていて、印籠を突然、目の前に突き出されて、「コノインロウガ、メニハイラヌカ～」と言われた東京人は、「はあ」とか「印籠ですね」とか「えっ？　なんですか？」とか、戸惑うか、冷静にコメントするか、冷笑するか、のどれかの反応でした。ま、普通、そうだろうなあと思いました。

で、大阪城公園で、いきなり、目の前に印籠を突きつけられ、「コノインロウガ、メニハイラヌカ～」と言われた大阪人たちは、ほぼ、9割の確率で、「ははあ～」と、突然、ひれ伏したのです!!

あたしゃ、腰が抜けましたね。イメージではそうだろうなあと予感してました。でも、来る人来る人、みんな、「ははあ～」とやるのですよ！

目の前に印籠を突きつけられて、「コノインロウガ、メニハイラヌカ～」と言われたら、訳がわからないまま、とにかく、ひれ伏す。僕は、内心、あんた達は、パブロフの犬か！　と突っ込みました。

なかには、「ははあ～」と言いながら、一緒にいた小さな子供の頭を「ほら、頭、下げんかい」と押し続けるお父さんもいました。

ロケは、2時間を予定していたのですが、わずか15分で撮り切ってしまいました。だって、みんなやってくれるので、あっという間にひれ伏すシーンが撮れてしまったのです。

ひれ伏してくれなかった1割の人達は、たぶん、大阪に来た旅行者の人だと思います。大阪人は、印籠が出れば無条件でひれ伏す。ついでに、外国人がポケットからバナナを取り出し、「あ、ちょっと待って下さいよ。もしもし」と耳に当て、「はい。あなたに電話です」と言いながら大阪人に渡すと、これまた9割の確率で、バナナをすぐに耳にあて「はい、もしもし」と返してくれました。

でね、このロケの回は、もうオンエアされているのですが、この番組を見た大阪の人が、ブログで「信じられへん。東京の人は、印籠を見ても、何もしてへん。日本中どこの人も、印籠が出たら、ちゃんとリアクションすると思ってたのに」と、驚いているものがありました。

その感想に、また僕は驚きました。

番組では、それはサービス精神なんだと言っていましたが、もっと具体的に、「恥をかいてもあんまり気にしない精神」と言えるかもしれません。

回転寿司とかカラオケとかインスタントラーメンとかは、大阪から生まれたものです。どれも、思いついた時には、ちょっと笑われそうな匂いがあります。感動的な発明というよりは、ちょっとバッタもん臭い匂いもあります。

それは、くだらないことを言って笑われることをたいして気にしない文化に育っているから、そういうことを思いつき、言い出し、製品化できたんじゃないかと番組では思いました。

そもそも、大胆な発明の最初の取っかかりなんていうのは、バカバカしかったり、恥ずかしかったりするものです。笑われても試行錯誤を続けることで、やがて、世界中に広がる製品となるのです。

例えば、演劇の稽古場は、失敗することが平気な雰囲気になれれば、素敵な作品が生まれやすくなります。深く傷つくことなく失敗できたり、軽い気持ちで失敗できたりするようになれば、みんな、気軽にアイデアを出すようになり、いろいろと、新しいことが生まれてくるのです。

これが例えば、会議でも同じですが、失敗することを極端に恐れるようになると、みんなとりあえず平均的で無難なことを言うだけになります。そうなると、誰も考えなかったようなアイデアが出てくる可能性がとても低くなるのです。

次々とひれ伏す大阪人を見ながら、「じゃあ、大阪のいじめはどんなんだろう」と僕は思っていました。

こんなにサービス精神があって、ノリがいい風土で行われる陰湿ないじめは、どんな形なんだろう。振り込め詐欺が大阪ではほとんどないそうです。では、いじめもタイプが違うのでしょうか。

大阪で育った人、よかったら教えて下さい。本当に大阪城のロケは衝撃的だったのですから。

（2009年4月）

「博多時間」とはなんのことばい？

第三舞台公演の長いツアーが終わって、東京に帰って来ました。

1月の下旬に東京で幕を開けて、4月の上旬まで続いた長い公演でした。

去年の12月から稽古を始めましたから、4ヵ月以上、『朝日のような夕日をつれて'97』という作品に関わってきたわけです。

長いですなあ。

ツアー最終地の福岡は、第三舞台として初めて行った場所で、そのこともあってか、熱烈な歓迎を受けました。

「やっと来てくれましたね」と、いろんな人から言われたり、アンケートに書かれました。

面白かったのは、「博多時間」と呼ばれるものの存在でした。

まあ、お客さんが遅れて来ること。

基本的に第三舞台は、7時開演なら7時に始めます。コンサートが10分20分、平気で遅れて始めるのは、毎日やってないからです。芝居でそんなことをしたら、悪循環となり、大変なことになります。6時半の開場から待っているお客さんは1時間近くも待つことになるのです。

で、どーして、こんなに遅れて来るんだっ！　と劇場ロビーで興奮して叫んでいると、地元の人から、「鴻上さん、それは『博多時間』ですばい。福岡の人間は、時間ば、守らんちゃ。大物になればなるほど、遅れて来るのが当然ちゅう思い込みがあるばい。それが、『博多時間』ばい」と説明されました。

で、遅れて来るから熱意がないのかと思うと、客席は熱い熱い。なんだか、毎日が千秋楽のような熱気で興奮しています。なのに、遅れて来る。

で、普通、遅れて来る客に対して、初めから見ている客は怒ります。

当然のことですね。集中がぶつぶつ切れますから。

東京や大阪のアンケートだと、「どうして途中入場を許すのですか。開演したら、一切の途中入場を認めないで欲しいです」という意見がよくあります。

僕も同感なのですが、サラリーマンやOLさんが、5分ほど遅れて息せき切って走って来ると、「ああ、仕事を抜けられなかったのね。上司の厳しい目を背中に感じて、ここまで来たのね。ありがとう」という気持ちになって、「他のお客さんのジャマにならないように、こっそりと席についてね」とつぶやくのです。

が、おばさん二人組なんかが、にこにことノン気に談笑しながら5分ほど遅れて来ると、後ろから飛び蹴りをくらわせたくなります。

が、なんと、「博多時間」で、ぞろぞろと遅れて来るお客さんを福岡の人は責めないのです！

もちろん、「どーして、こんなにお客さんが遅れて来るの！」と書いたアンケートは何十枚もありましたが、それは、全部、東京公演や大阪公演のチケットが取れなくて、福岡まで見に来た人達で、福岡ネイティブのアンケートには、1枚も文句がなかったのです。

もともと、僕は、時間を守らないノン気な精神は好きです。

僕は、沖縄が大好きなのですが、那覇市の市民憲章には、「時間を守りましょう」というのがあります。ふつう、市民憲章というのは、「世界平和」とか「人権意識」とか崇高なスローガンがほとんどなのですが、那覇市は、「時間を守りましょう」という中学校の週番レベルなのです。

これは、決して、バカにしているのではありません。それだけ、みんなノン気でおおらか（沖縄表現では〝テーゲー〟ですね）だということなのです。

沖縄が「本土並み」という経済原則を取り入れようと必死になっていた時代に、この市民憲章は生まれました。本土の人は、みんな時間を厳しく守って経済が発展した。だから、沖縄も時間を守ろうという、かつての常識が生んだスローガンなのです。

で、この常識が疑われ始めているのは、もう、みんなの常識です。時間を厳しく守ることが、いったい、何を生むのかとみんな気づき始めています。

どうも南に行けば行くほど、時間感覚は、ノン気になるようです。

僕が、『サザン・ウィンズ』というアセアン諸国の監督とのオムニバス映画を撮った時は、もっとノン気でした。

インドネシアで3時から記者会見が始まるというので、僕とプロデューサーは2時半に約束の場所に到着しました。

そこは、インドネシアの監督の家で、山盛りの食事が用意されていました。で、映画関係者もマスコミも誰もいなくて、監督の家族、親戚、隣近所の人達がわんさといて、山盛りの食事を食べていました。どうぞ、どうぞと案内されて、僕とプロデューサーは、近所の子供と一緒にフルーツを食べ始めました。

で、お腹一杯になり、ビールも出て幸せになり、そうするとうとうとしてきて、昼寝してもっと幸せになり、やっと記者会見は始まりました。

時計を見ると、4時半でした。

つまり、約束の時間より、1時間半後だったのです。でも、当然のように、誰も文句を言いません。そういうものなのです。

で、話は「博多時間」に戻るのですが、僕が困ったなと思ったのは、開場の六時半前からずっと待っている人もいるということなのです。

福岡の人がみんな「博多時間」なら、こっちも、「開演・七時博多時間」と表記してノン気に始めるのですが、福岡ネイティブの人でも、「博多時間」の人とそうでない人がいるというのが、困ってしまうのです。

ここはひとつ、福岡の人がまとめて相談して、「うちはずっと『博多時間』ばい。それでいくっちゃね」と決めてくれると、こっちも分かりやすくていいなと思ったりしたのです。はい。


（1997年4月）

沖縄の館長さんはファンキーである

何度か沖縄でワークショップをしているのですが、主催している劇場の館長さんは、とてもファンキーな人で、突然、自宅に電話がかかり、

「鴻上さん、シンポジウムで沖縄に来てくれませんか？」

「ほおほお、いつですか？」

「来週の金曜です」

なんていう物凄いことを言うので、

「いや、それはいくらなんでも急すぎます。もう、予定が入ってます」

「そうですか。残念ですなあ。それじゃあ、代わりに誰か推薦してくれませんか。演劇界で、有名な人がいいですなぁ」

「有名な人は、来週の金曜日はあいてないと思いますよ」

「そうですか？　本土の人は、そんなに働いてるんですか？　いかんですなあ」

と言って、電話が切れたこともありました。

ワークショップの会場である館長さんの劇場では、最初に、

「鴻上さん、時間は、一応、夜の6時から9時になってますけど、12時まではオーケーです。12時になると、駐車場が閉まってしまうんです。すみませんなあ。あ、でも、車を出しとけば、もちろん、朝までオーケーです。12時を過ぎる場合は、いったん、参加者のみなさんに声をかけて、駐車場から車を出すように言って下さい」

と物凄いことをおっしゃるので、

「いや、いくら僕がじっくりワークショップをするのが好きだと言っても、夜の12時を過ぎてまではやりませんから、安心して下さい」

とあわててお断りしました。

世の中には、9時半や10時になにがあっても閉めてしまう公立の劇場がまだ山ほどあるのに、奇跡のような話です。

この前も、知り合いの人の芝居を、東京近郊の劇場に見に行きました。まだ無名のアマチュア劇団ですが、将来が楽しみなので、時間を割(さ)いて行ったのです。

で、9時15分に芝居が終わると、いきなり舞台の上から、「申し訳ありませんが、9時半までにこの会場をご退出下さい。あと、15分しかありません」とアナウンスしていまし

た。

この地方自治体が運営する劇場は、なにがあっても、9時半には、シャッターを下ろす劇場なのです。

なので、出演者達は、大急ぎで衣装を着替え、メイクを落とし、走って劇場を出るのです。疲れ切った体で、楽屋で一息もつけない現状を、自治体の人は知っているのかと思います。

こういう劇場を運営しながら、お役所の人は、「文化の時代」なんてことを言うのです。僕自身も、かつて、この自治体から、「文化と地域おこし」なんていう講演会を頼まれたことがあります。

僕なら、「みなさん、ロビーでアンケートも書けず、友達をたずねて楽屋に行く時間もないような劇場に、断固、抗議しましょう」てなことを絶対に言うと思うのですが、地元のアマチュア劇団となると、そんなことを言って、次から使用許可がおりなくなるということもありますから、あいまいな言い方しかできなくなるのです。で、お客さんは、「9時半までにご退出を」と言われて、「なんで、そんなことを命令されないといけないんだ?」と劇団に対するちょっとした反感を持ったりするのです。ああ。

沖縄では、10時過ぎまでワークショップをやりました。
と、館長さんが、「鴻上さん、バーベキューの用意ができました」と嬉しそうに言いました。参加者のみなさんも誘って、バーベキューです」と嬉しそうに言いました。
あいにく、当日は雨が降っていたので、「場所はどこです?」と聞き返せば、
「この劇場の屋上です。さあ、バーベキュー、バーベキュー」
とスキップしながら、屋上に案内してくれました。
あっと言う間に12時近くなり、みんな駐車場から車を出して、屋上で飲み続けました。
まあ、沖縄だから、こうなんじゃなくて、たぶんに、この館長さんのキャラクターだと
は思います。
それでも、この館長さんは、僕に、「本当は、24時間、いつでも使える劇場を目指した
んですが、駐車場の管理の問題で12時に区切られたんです。すみません、鴻上さん。悔し
いです」と話されました。
この館長さんが、この劇場を作る時に、僕は、全国の良心的ないくつかの公立劇場を紹
介したのです。
このバーベキューは、楽しい空間でした。それは、みんなが、まず楽しんでいたからで

す。

最近、「町・村おこし」の講演会で呼ばれた時に感じるのですが、地元の意識が、少しずつ変わって来ています。

「土木事業でミニ東京」の愚かしさにみんな気付き、「有名人呼んでイベントしたから文化だよ」の意識も薄れ、「やっぱ地元の文化を育てるんだ」という流れになってきました。それはとてもいいことなんですが、同時に「有名人呼んだからには、地元とのつながりだ。そのために来てもらったんだ」にシフトし始めているような気がします。

こうなると、酒の席がいきなり生臭くなります。「鴻上さん、ぜひ、地元の祭りの演出をやって下さい。観光の目玉になります。観光客が増えます」なんて話を酒の席で延々されると、悪酔いしそうになります。

沖縄の館長さんは、「地元の文化は私達が育てる」という自負があるから、楽しいのです。

（1999年9月）

8　ちょっといい加減でいいじゃない

ジャンケンは素晴らしい

ずっと、「ジャンケン」について書きたいと思っていました。

始まりは、イギリスに留学した時です。授業で、課題発表の順番を巡って、クラスがもめました。

なんとかしようと、騒いでるイギリス人相手に、「ロック・ペーパー・シザース（石・紙・はさみ）で決めたらどうだ？」と提案しました。

みんなは一瞬、沈黙して、「それはなんだ？」となったので、ルールを説明しました。

すると、説明を聞いたイギリス人達は、「決定をそんな偶然に任したくない」と言い放ちました。

自分が何番目にやりたいかは、明確に主張することであって、「ロック・ペーパー・シザース」の偶然に任すべきではない、いや、ショウ（僕のことね）はそういう偶然に身を任せて平気なのか？　とまで言われたのです。

僕はこの時、初めて、ジャンケンというものを意識しました。

イギリス人をはじめとするヨーロッパ人は、ジャンケンをしないのです。ジャンケンをしないから、ちょっとのことで議論します。

簡単なゲームをする時も、誰が先にやるかを、必ず議論して決めます。

日本人なら、ほぼ１００％、無条件でジャンケンが始まります。

僕は、日本各地でやっているワークショップで順番を決める時に、「じゃあ、誰からやる？　私からぜひやりたいって人はいる？」と議論から入る日本人を見たことがありません。特に、ペアの時は、間違いなくジャンケンです。

で、僕は「日本人の精神構造と、ジャンケンは密接なつながりがある」と考えるようになりました。

ヨーロッパ人は（アメリカ人もですが）子供の頃から、遊ぶ順番を議論で決めます。日本人は、ジャンケンで決めます。これが、その国民の考え方や感受性と無関係なわけがないのです。

だって、幼児の頃、ブランコに誰が最初に乗るかを決める時、議論で決めるということは、3歳から対立を明確にするということです。弁舌がたつ子、説得力がある子、腕力で威圧する子が勝つという文化を生きるのです。つまりは子供心に、〃競争〃と〃自己主張〃が刷り込まれるのです。

が、ジャンケンでブランコに乗る順番を決める文化には、〃競争〃も〃対立〃も〃自己主張〃も関係ないのです。

ただ、ジャンケンという偶然に身を任せていればいいのです。

根本的に、対立や主張とは無縁の文化の中で、子供は成長するのです。

選択の根本を、偶然性に任せる文化とは、つまりは究極的な根拠を手放した文化です。論理性より、偶然性を選んだ文化であり、それは、空虚な中心としての天皇制まで通じる文化ではないかと、僕は考えています。

日本文化はジャンケンの文化だから、ジャンケンで日本文化を描きたいと僕は企(たくら)みました。ジャンケンのルーツを探ろうと決め、親しい編集者には、そういう本を出したいから、ジャンケンについて資料を探して欲しいとお願いしていました。

ところが、ジャンケンの資料は、極端に少ないのです。いったい、いつから始まって、世界のどこで流通しているのか、正確で詳しい資料がないのです。それで、ずっとジャンケン本を出せないままでいました。

ところが、今月（2005年4月）、『ジャンケン文明論』（李御寧、新潮新書）が出ました。著者は、名著『「縮み」志向の日本人』を書かれた人で、日本文化・韓国文化を比較しながらの明晰な分析を得意とします。

まず驚きだったのは、ジャンケンで遊ぶのは、日本だけではなく、韓国、中国もだということでした。

日本人はつい、「日本対ヨーロッパ」とか「日本対アメリカ」みたいな図式で考えがちなのですが、日本は当然ながら東アジアの一員なのです。

著者は、「ジャンケン」を、欧米のコイン投げ（トッシング・コイン）の二項対立の文化に対して、積極的な三すくみの文化であると位置づけます。

勝つか負けるかという白・黒の文化ではなく、相互に勝ち負けが動くジャンケンのシステムは、現代のどんづまりを切り開く21世紀の可能性だと言うのです。

欧米の二項対立は、文化すべてに浸透していると著者は言います。白か黒かを明確に決めなければいけない文化は、相対立する二つのものを同時に含むことが苦手です。

刺激的で面白い例がたくさんあるのですが、例えば、「エレベーター」。これは「上げる（ｅｌｅｖａｔｅ）」という英語の動詞から生まれた言葉です。つまり、「昇る」ほうしか描写してないのです。フランス語もドイツ語も同じです。

が、日本は「昇降機」と訳したのです。つまり「昇り」と「降り」をちゃんとひとつの言葉に入れたのです。中国語も同じ発想だそうです。

どこを取っても刺激的な本です。「ジャンケン」にこんな可能性があったのかと、ハッとします。

コインでなくジャンケンを選ぶことは、「物から人へ、実体から関係へ、択一から並存へ、序列性から共時性へ、極端から両端不落の中間のグレイ・ゾーンに視線を換えると、暗い文明の洞穴の迷路から、なにか、かすかな光が見えてくる。エレベーターの二項対立コードが昇降機の相互、融合のコードに変わっていく兆しだ」と著者は書きます。

ジャンケンという優れた文化を持つ東アジアの国々は、その可能性を追求すべきだと著者は言うのです。

（２００５年４月）

『ドラえもん』でアジアと欧米の文化を考えた

ＮＨＫ－ＢＳ2の『ＢＳマンガ夜話』という番組に出演しました。『ドラえもん』について、1時間、語るという番組だったので、こりゃあ、出させてもらうしかないと思ったのです。

出演しますと返事を返すと、さっそく『ドラえもん』全45巻が、ＮＨＫから送られて来ました。

読みましたよ、あたしゃ。全45巻。仕事の合間をぬって、黙々と読み切りました。もっとも、「ああ、これ昔、コロコロコミックで読んだな」と覚えているものも多くありました。

で、さすがに、45巻、ぶっ通して読むと、のび太に対する怒りがわいて来て、30巻を過ぎた頃には、「のび太、いい加減にせえ！」と心の中で叫んでいました。たまに読むと、「のび太も、しょうがないね」で終わるのに、です。

番組は生放送なので、もう、オンエアされてしまったのですが、僕が以前この欄で書いた「東南アジアでは、『ドラえもん』は圧倒的に支持されている」という話をしていたら、出演者の夏目房之介（なつめふさのすけ）さんが、「そうなんですよ、『ドラえもん』は東アジアでは圧倒的に支持されているんですけど、欧米ではまったく無視されてるんですよ」と話されました。

ほおほお、それはどうしてですか、と聞くと、「この前も、知り合いのアメリカ人に『ドラえもん』を読ませたら、『これじゃあ、子供はだめになってしまう』と言ってました」と答えてくれました。

つまり、のび太の性格が、『ドラえもん』の欧米進出を阻んでいるわけです。のび太は、こんな所でも、ドラえもんに迷惑をかけています。

と、出演者の岡田斗司夫（おかだとしお）さんが、「アジアは、子供に甘いですからね。のび太が、学習も成長もしないで、ドラえもんに甘えていても、許す文化があるんですよ。でも、欧米は、子供に対するしつけが厳しいですからね。だから、のび太を受け入れられないんですよ」とつけ加えてくれました。

たしかにそうです。欧米の子供に対するしつけは、時には、犬の調教をしているような厳しさがあります。それは、子供は、わがままでエゴイスティックだから、ちゃんと社会化させないといけない、という文化だからでしょう。

外国に住んだ日本人が帰国して書くエッセーに「列車の中を走り回る子供達と、それを叱らない日本人の親を嘆く」という定番のパターンがあります。

それにひきかえ、欧米では、親は、激しく子供を叱る。日本人は子供に甘い「子供の国」であり、欧米は「大人の国」である、てなまとめ方をして、たいてい、エッセーは終わります。

でもそれは、日本だけじゃなくて、東アジアはそうなんだと、『ドラえもん』の受け入れられ方が証明しているわけです。

夏目さんは、「だから、僕は、ドラえもんは、地蔵菩薩だと思っているんですよ。なんでも受け入れてくれる存在」と話されていました。

欧米の厳しいしつけは、間違いなく、キリスト教文化と関係があります。契約によって成立する厳しい一神教の世界です。で、アジアの仏教的世界観では……という風に、この話は、掘り下げていくと、間違いなく、分厚い単行本何冊分かになるので、ここでは深入りしません。

はっきりしているのは、だから欧米人は、自立していて、日本人は甘え続けているんだ、という定番の〝物語〟は、成立しないということです。

と言って、『ドラえもん』に詳しい人には常識ですが、長編の『ドラえもん』では、のび太は成長します。苦難を前にして、反省し、成長するのです。

短編では、たまに反省はしますが、成長はしません。また、同じことの繰り返しなのです。面白い相似形は、短編では、ジャイアンはひどいいじめっ子ですが、長編では、けっこう、いい奴なのです。

で、反省するのび太を見ると、ちょっと、安心するのですが、同時に、「そうかなあ、これは『ドラえもん』かなあ」というかすかな疑問もわくのです。長編の成長するのび太を見ると、「ああ、『ドラえもん』が、終わっていく」という寂寥感(せきりょうかん)さえ感じるのです。

出演者のいしかわじゅんさんが、「『ドラえもん』はユートピアです。時間が止まっていて、同じことが繰り返される。原っぱが都会の中にあって、そこには土管が転がっていて、登場人物達は、決して、年を取らない。これは、ユートピアの特徴です」とおっしゃいました。

じつは、のび太の生年月日ははっきりしています。2巻で「昭和39年8月7日」と自分で言っています。しかし、藤子(ふじこ)・F・不二雄(ふじお)さんは、亡くなられる時まで、25年間、のび太を成長させませんでした。

時間が止まったユートピアを描き続けたのです。

「何をやっても、受け入れてくれる存在」への憧れがアジアにあるとすると、「必ず成長する存在への憧れ」が欧米文化にあるような気がします。

それは、アジアが「母なるものへ帰っていく物語」を基調とするのに対して、欧米では「母なるものからの逃走の物語」が主流をしめているんじゃないかという感覚です（もちろん、これはかなり危険なステレオタイプですが、しかし、僕は欧米の原型物語と聞くと、少年が家出をするところから始まる冒険譚をいつも想像してしまうのです）。

のび太の世界は、完全にユートピアであり、モラトリアムです。それを、責めることは簡単です。僕だって、通して読むと、そういう気になりました。

が、欧米の「だめだった主人公が、いろんな試練を経て、たくましく成長していく」というパターンに対して、「なんでもかんでも、成長すればいいってもんじゃねえだろ」とつっ込むことも、大切なんじゃないかと思ってしまうのです。

（1999年9月）

9 大切な言葉

世の中には、簡単にコメントできないこともある

2004年5月27日、イラク・バグダッド近郊で取材中の日本人ジャーナリスト、橋田信介(はしだしんすけ)・小川功太郎(おがわこうたろう)両氏が乗った車が銃撃され、二人は死亡した。

すべてのものはコメントし得ると、国民が思い込んでしまったのは、いつの頃からなのでしょう?

僕は、以前、『世界陸上』で、コメントし続ける司会者に対してのあるディレクターの言葉を書きました。

そのディレクターは、「100メートルを10秒を切って走ることができる人間と釣り合

うカットバックなんて、本当は存在しないはずなんだ」と言ったのでした。

その言葉に、僕は少々、衝撃を受けたのです。

言われてみれば、１００メートルを10秒を切って走った人間が映った画面の後に、司会者の陽気で感動した顔とコメントの映像＝カットバック（画面の切り換え）が来ます。けれど、その二つは、本当は続けて並べてはいけないものなんだ、とそのディレクターは言ったわけです。

勝手に解釈すれば、超人的な走りを見せた男性と釣り合うカットバックの映像は、例えば、富士山の実景とか真っ赤な夕焼けとか太平洋の大波とか、人間のレベルを超えたものであるはずなのです。

もしくは、１００歳を越えて元気に話しているお年寄りとか、自分の身長の何倍も高く跳んだ人とか、日常の人間のレベルを超えた存在であるはずなのです。

けれど、現実には、１００メートルを10秒を切って走った人間のすぐ後に、普通の人間がコメントを付けます。

コメントの内容が問題なのではありません。褒めようがけなそうが、問題は、10秒を切って走るという超人的なことに、普通の人間がコメントできる、コメントしていい、という〝ムード〟を無意識に作っていることなのです。

といって、『世界陸上』のはるか前から、テレビでは、すべてのことにコメントするようになっています。

ワイドショウに至(いた)っては、うまくコメントできないコメンテイターなんかをテレビで見ると、もっと気の利いたこと言わないと、まずいんじゃないの？　と心配までしてしまいます。

「別に言うことはありません」

なんてことを言うコメンテイターだと、つまんねー奴だなと逆にテレビに向かって文句を言ったりします。

たぶん、すべてはコメントし得るという〝ムード〟を作ったのは、間違いなくテレビの力です。

けれど、テレビだけではないでしょう。

週刊誌も新聞もコメントします。コメントするのは、ニュースに対してです。そして、「どうしてコメントするのか？」と言えば、

「そういう枠（スペース）があるから」としか考えられないのです。

長崎で起こった小学生の悲しい事件（２００4年6月1日、長崎県内の小学校で小学6年生の女児が同級生をカッターナイフで切りつけ殺害）の翌日、ある新聞の社説では、「遺族の深い悲しみを思えば、言うべき言葉もない」と書きながら、続けて、「(犯人が通っていた小)学校は何らかの予兆をつかんで、事件を未然に防ぐ手立てはなかったのだろうか」と書きます。こう書いた瞬間に、もう、事件は、学校の管理責任のレベルになります。

「学校は各学年1クラスで、6年生は38人だった。教師の目が届きやすい小さな学校である。学校は十分な目配りをしていたのだろうか」

僕が教師なら、この匿名で書く三大紙の新聞記者に対して、間違いなく殺意がわくと思います。

この記者は、「この殺人が衝動的で突発的なものかもしれない」とか「各学年1クラスでも教師は担任の1人で、1人が38人を見るということは大変じゃないのか」とか「1学年1クラスが、逆に逃げ場のない濃密な人間関係になったのか」というような誠実な疑問はすべてすっ飛ばして、「十分な目配りをしていたのだろうか」と書くのです。

つまりは、コメントです。起こった出来事に対して、素人が素直な感想を語っているだけです。それは、『世界陸上』で普通の人間が、感動の感想を語るのと同じです。アスリートが、10秒を切るメカニズムを詳細に指摘するのとは違います。

で、どうして、こんな程度の低い、しかし、まっとうなコメントが載るかと言えば、これはもう、「社説という枠があるから」としか言いようがないのです。

週刊誌にコメントが溢れるのは、「毎週の事件に対して、コメントを書くスペースがあるから」としか言いようがないのです。

イラクで人質になって解放された3人への激しいバッシングも、拉致家族の人たちの、何の成果もなく北朝鮮から帰国した小泉首相に対する発言への抗議も、なんのことはない、誰でもコメントができるという〝ムード〟の続きだと僕は思っているのです。

「素人が素人の感性で、素直に思ったことを言っていいんだ」という〝ムード〟が、拉致された人たちの家族や人質3人への抗議電話やメールを生んでいるのです。

けれど、僕は久しぶりに、マスコミも国民も、どうコメントしていいのか分からないという事態にぶつかったと思っています。

イラクでの、ジャーナリスト橋田信介さんと小川功太郎さんの殺害事件です。

彼らに対しては、人質3人に対して言われていた「国が渡航自粛を勧告してるんだから行ったことが間違いなんだよ」とか「自己責任だよ」とかの明快なコメントは控えられています。

誰もが、この問題は、橋田さんの生き様を含めて、簡単にはコメントできないものだと感じているように思えます。

世の中には、コメントできないこともあるんだ、というしごく当たり前のことを国民に気づかせたと僕は思っているのです。

世の中には簡単にコメントできないことがある。そう気づくのは想像力の問題です。ジャーナリスト二人が殺されて、やっと、国民は想像力を働かせたと思っているのです。

（2004年6月）

戦争のリアルを語り続けるということ

『HAKUTO〜白兎（しろうさぎ）〜』というリーディング公演で中村メイコさんとご一緒しました。

メイコさんは、2歳半で芸能界にデビューして、子役として人気を博しました。

小学三年生の時、戦地に慰問に行ったそうです。九州の知覧基地から飛行機に乗りましたが、離陸の時には、目隠しをされました。上空では外せましたが、着陸の時にはまた目隠しされました。どこに慰問に来たのか、秘密にするためです。

慰問の相手は、特攻隊員でした。後々、メイコさんは子供である自分が慰問に来た理由を教えられます。特攻隊員は、死を目前にした時、美味しい食事や女を抱くことでは、自分を支えきれないと感じていた、というのです。

ただ、子供を見ると「この子供の未来を救うために、自分は死ぬのだ」と自分を納得させられたのです。

40分ほど、メイコさんは特攻隊員の前で歌ったあと、順番に抱っこされて、隊員たちの膝の上に乗せられました。一人一人、順番にメイコさんを膝に置き、後ろからギュッと抱きしめました。

「3、4回は行ったわよ」とメイコさんは言います。けれど、そこがどこかはずっと分からなかったそうです。

終戦後、ずいぶんしてメイコさんはサイパンに観光旅行に行きました。現地の通訳の人に、自分の名前を名乗ると、その人は、「メイコ・ナカムラ！　私は、あなたに会ったことがある！　あなたは子供だった！」と叫んだそうです。

その言葉を聞いて、メイコさんは、「ああ、自分が慰問に連れてこられていたのはサイパンだったんだ」と分かったのです（ただし、特攻が始まったのは、サイパン陥落後のフィリピンですから、メイコさんの言葉通りだとすると、この通訳は現地の人ではなく、フィリピンから来たのでしょう）。

BS朝日で司会をしている番組『熱中世代』で、なかにし礼さんの話を伺いました。なかにしさんは、封印していた自分の戦争体験を、今、小説『夜の歌』で書き始めました。

終戦当時、なかにしさんは6歳でした。満州からの引き揚げの列車に、家族で運良く乗れたのですが、石炭を運ぶ屋根のない貨車に乗って進んでいくと、沿線の日本人が乗せてくれと殺到したと言います。

定員いっぱいで乗せられるはずもなく、列車に乗っていた軍人が、銃と剣で脅して、追い払いました。が、動き出した最後尾の貨車には、人々が群がり、乗ろうと手をかけました。貨車の人達は、乗ろうとつかんだ指の一本一本をはがしました。6歳のなかにしさんは、その一部始終を目撃したのです。

日本への船を待つ間、収容所にいました。ロシア兵が毎日やってきて、「女を出せ」と命令しました。日本人達は話し合って、「今日は〇〇の娘さんに行ってもらおう」と決めました。そして、その娘さんはロシア兵の所に行き、しばらくして泣きながら帰ってきました。

7歳になっていたなかにしさんは、その時の人々の反応に激しく憤るのです。人々は、戻って来た女性に対してなぐさめや感謝の言葉をかけるのではなく、それどころか、まるで汚いものを見るような目と態度で接しました。

7歳のなかにしさんは、ゆっくりと確実に人間に絶望していくのです。

引き揚げの船の中では、ぎゅうぎゅうのざこ寝の中で、あちこちでセックスをする人々がいました。そして、ロシア兵への人身御供（ひとみごくう）として娘や妻を出した人が、「今日は〇〇の娘さんに行ってもらおう」と決めた人を激しく罵り（ののしり）始めました。日本に帰るという段階になって、気持ちがそう変わったのです。

そのすべてを7歳のなかにしさんは目撃するのです。

「戦争は狂気だとか、人間が鬼になるとか言われますけど、そんなカッコいいもんじゃないです」

なかにしさんは言います。

そこにはただ腐った人間がいたのです。人間というものがいかに愚かで、醜くて、どうしようもないか。戦争は国家の争いでも、翻弄（ほんろう）されるのは一人一人の個人なんだとなかにしさんは言います。そこには、観念的な戦争ではなく、リアルな、どうしようもない戦争があるのだと。

（２０１５年10月）

「物語」を考え続ける

30年前に劇団を創った時は、「いかに物語から遠くに行くか？」というテーマを常に考えていました。

ちょうど、フランス構造主義の影響もあって、「物語」に対する懐疑が世界的に広がっている時期でした。

僕自身は、ただ「世界を単純化する物語」にうんざりしていました。それが、物語に対する反発の根本でした。

テレビをつければ、2時間ドラマの最初のシーンで、有名な俳優が殺人事件が起こったマンションの管理人として登場していました。それだけで、この人は事件に関する重要な人物だと予想できました。

大ヒットするマンガは、読者が見たいと望んでいる展開を忠実に示してくれました。

物語は、世界の真実を教えてくれるのではなく、世界の本質から目をそらすためにあるのだと思いました。

よくできた物語であればあるほど、僕は、それにうさん臭さを感じて反発しました。22歳で演劇の台本を書き始めた時から、僕は物語としての完成なんかくそくらえと思い続けてきました。面白い物語、起承転結が明確な物語、読者や観客を魅了する物語。それらは、現実から目をそらし、世界の本質から逃避し、世界から遠ざかるためにあるんだと思っていました。

物語として成立していないのに伝わる感動、物語では表現できない面白さ、物語を拒否する決意、そういった非・反物語に満ちた作品を創ろうとしてきました。

が、『第三舞台』を10年、20年と続けるに従って、人々は決して物語を手放しはしない、「物語を手放すという物語」を含めて、結局はどんな形であれ、物語を選ぶんだと考えるようになりました。

時代も同じことに気付いたのだと思います。「非・反物語」というテーマで盛り上がった時期があったことをすっかり忘れて、「いかに人々を魅了する物語を創るか」が作家の価値である、ということを時代は単一の基準にしたように感じます。

一流の作家とは、完成した物語を創る人なんだ、という絶対の命題が定着したのです。

僕が毎週日曜日、お昼の12時からニッポン放送でやっていたラジオ番組のゲストで、歌手のクミコさんに会いました。彼女は、東日本大震災の当日、石巻でコンサートを開く予定でした。リハーサルを始めようという時に揺れて、そのまま、裏山に避難しました。目を凝らせば、降りしきる雪の向こうに迫り来る津波のうねりが見えたそうです。車が見たことない動きをしていて、それは海水に翻弄されているんだと、気付いたといいます。

その夜は、車の中で過ごしたと、クミコさんは語りました。降り続けていた雪はいつの間にかやみ、星空が見えていました。津波によって大規模な停電が起こり、街の明かりは消え、暗闇が広がっていました。

その結果、星空はいつになく輝いて見えたそうです。

そして、多くの人は、星空を見上げながら、「亡くなった人の魂は、あの輝く星になったんだ。だから、今夜の星空はこんなにきらめいているんだ」と思ったと、クミコさんは語りました。

「私もそう思ったし、あの夜、東北で星空を見上げた多くの人は、そう思ったんじゃないかなあ」

その話を聞きながら、僕は、ああここに物語がある、と思いました。

それは、目の前で津波に巻き込まれた人を見た夜に、現実と自分の折り合いをなんとかつけようとして生まれた物語です。

現実から目をそらすための物語、と言えるかもしれません。けれど、その物語を選ぶことで、目の前で流されていった人に対する思い、何もできなかった自分に対する自責、目に焼きついた瞬間に対する後悔、それらのひりひりとした感覚を許し、弱め、生きていく力を与える物語だと、思うのです。

元々、現実とは語れないものだと思います。語れるのは物語だけです。僕達は現実を語っているつもりになっても、ただ物語を語っているのです。作家の価値は物語のできだとする時代になったということは、現実や世界は語れないと、人々がはっきりと認識した結果かもしれません。

この30年間、僕はずっと「物語」を考え続けています。これからももちろん、考え続けると思います。

（2013年2月）

あとがきにかえて

安倍元首相を銃撃した山上徹也容疑者は、旧・統一教会に献金を続ける母親を何度も何度も説得したと思います。自宅を売り、土地を売り、食生活に苦労しながら1億円近い献金を続ける母親を、なんとかしてやめさそうと、話し続け、しゃべり続け、懇願し続け、すがり続け、止め続けたと思います。

けれど、母親の信仰と行動は1ミリも変わらなかった。

その結果、山上容疑者は、言葉に絶望したのではないかと僕は思います。

どんなに語っても、どんなに話しても、どんなに説得しても、母親を変えられない〝言葉〟とはなんと無力なものか。

人は、言葉に絶望すると、「社会」にも絶望します。

なぜなら、「社会」は、言葉でつながるものだからです。知らない相手と、言葉を通して手を差し伸べ、言葉で相手との関係を作っていく。その〝言葉〟に絶望すると、「社会」との関係を作っていくことは不可能になります。

「社会」に絶望したとしても、一般的には、「世間」の前に、まず「家庭」があります。

「世間」は気持ちである「情のルール」、「社会」は「法のルール」で動いていると書きましたが、「家庭」は本来は「愛情のルール」です。

「愛情のルール」は、場合によっては、「情のルール」や「法のルール」に反旗を翻（ひるがえ）します。

犯罪を犯した子供をかばうのは、典型的な行動です。アメリカの妻や母親が、悪いのは息子ではなく命令した上司なんだと主張した行動は、まさに「愛情のルール」に基づいたものです。

「世間様がなんと言おうと、私はあんたを信じているからね」なんて言葉は、「愛情のルール」が「情のルール」をねじふせた言葉です。

ですが「本来は『愛情のルール』」と〝本来〟という言葉をつけたのは、「愛情のルール」が機能していない「家庭」も珍しくないからです。

僕がやっている『ほがらか人生相談』に、「息子の入った大学が恥ずかしくてしょうがない。近所の人達にあわせる顔がなくて外を歩けない」というような相談がきました。

これは、「家庭」が、「愛情のルール」ではなく、「情のルール」である「世間」に支配されている典型的な例です。親は子供よりも「世間」が大切だということです。

山上容疑者の場合は、このケースよりはるかに悲惨で残酷な形で、母親は教会関係者という「世間」を、本来は「家庭」と呼ばれる場所に持ち込んだのだと思います。

山上容疑者は「愛情のルール」に支配される「家庭」を持てませんでした。そして、宗教二世ですが、母親が所属する「世間」を拒否しました。

母親から受ける「情のルール」を拒んだということです。

例えば、友人や上司など「世間」に属する人から耐えがたい行為を受けた場合、関係をちゃんと切ろうと決意できれば、その「世間」から飛び出ることができます。

上司や友人に深く絶望することが、まったく新しい場所で、新しい「世間」を作るために必要なステップなのです。

けれど、ひどいことをされた相手が〝親〟だった場合、相手に対して完全に絶望できるのかというやっかいな問題が出てきます。

「毒親問題」の一番の深刻さは、この点なのです。

子供は親に対して、「愛されたい」という奇跡を願います。いつかは「愛情のルール」

が発動するんじゃないかと、一縷(いちる)の望みを持ちます。いえ、持ってしまいます。そんなことはありえないと頭では分かっているのに、持ってしまうのです。

山上容疑者が、新しい生活を始めて新しい「世間」をうまく作れなかったのは、ずっと、母親に対して絶望しきれなかったからじゃないかと僕は思っているのです。

山上容疑者は、「家庭」に絶望し、母親の用意する「世間」に絶望し、かといって、新しい「世間」をうまく作れないことに絶望し、そして「社会」にも絶望していたのではないかと思います。


旧・統一教会の一回目の記者会見を受けて、「全国霊感商法対策弁護士連絡会」の弁護団が反論の記者会見を開きました。その中で、山上容疑者のように、親が旧・統一教会の信徒で、いわゆる二世の元・信者の人が顔を隠して会見に応じました。

彼女は韓国人男性と集団結婚式で出会い、子供を生みましたが離婚（この時、信者である母親は強烈に反対したと言います）、もう一度、教会の指示で結婚、それでもうまくいかず、脱会を決意して子供をつれて韓国から日本に逃げ帰ったと語りました。

その時、彼女には「家庭」はもちろん「世間」もありませんでした（母親はずっと離婚に反対していますから、母親を中心とする教会＝「世間」に頼ってしまうと、脱会は不可能になります）。彼女が頼ったのは、「いのちの電話」だったと言いました。彼女が選択できる「社会」は、「いのちの電話」しかなかった、という方が正しいでしょう。

けれど、彼女は山上容疑者と違って、まだ言葉に完全に絶望しきってなかったのです。だから、言葉を通じて、知らない人に助けを求められたのです。

（念のためにくり返しますが、「家庭」や「世間」があれば、言葉がなくても、愛情や気持ちによって関係を持てるのです）

ブレイディみかこさんの中学生の息子さんの言葉「日本人は『社会』への信頼が足らない」を紹介しましたが、この言葉は裏返して言えば、「日本には、信頼できる『社会』が足らない」ということです。

「家庭」も「世間」も持てなかった不幸な人達が信頼できる、すがれる、安心できる、希望をもらえる「社会」が、本当に少ないんだということです。

「自助」と「共助」は強調されても、「公助」を求めると、「甘えている」とか「自己責任」とか「税金の無駄遣い」と言われる国だということです。

でも、これからますます、「家庭」と「世間」が崩壊した人が増えていくと思います。

一番の理由は貧困ですが、早急に信頼に足る「社会」の受け皿を充実していかないと、不幸な事件は続いていくと僕は思っています。

「家庭」と「世間」が崩壊した人が増えていくもう一つの理由は、「物語が暴走している」からだと僕は思っています。

「現実とは語れないものだと思います。語れるのは物語だけです」と書きました。

この本は、僕自身の「物語に対する旅」の記録でもあります。

物語の一番の典型は宗教です。宗教は、「この物語が真実。他はすべて間違い、邪教、悪魔の教え」と説くことが多いです。

でも、その結果、人類に何が起こったのか、歴史が教えてくれます。「キリスト教と異端の戦い」「キリスト教とイスラム教の戦い」「カソリックとプロテスタントの戦い」……これらの戦いの中では、相手が異教徒というだけで、子供も女性も関係なく殺し、殺され続けました。

千年以上の長い時間の結果、「異教徒であるという理由で殺人を続けていては、お互いに滅びてしまう」という〝知恵〟にたどり着いたのです。

それは「相対的絶対」の発見と言っていいと思います。宗教は普通「絶対的絶対」です。これしかないという真理に対する態度です。でも「私はこれを信じているし、これを信じない人はおかしい」という態度から、「私はこれを信じているけれど、他の人は他のものを信じているかもしれない」という態度へと変わらざるを得なかったのだと思います。

キリスト教の教会の隣にイスラム教のモスクができた時、「お互いが死ぬまで戦う」ではなく「お互いの存在を認める」を選ぼうという時代になったのです。

ところが、陰謀論や反ワクチンの運動を見ていると、「相対的絶対」ではなく「絶対的絶対」を求める人がまた増えたと感じるようになりました。

僕は20代のころ、物語の嘘くささに反発しました。やがて、人は物語を手放すことはできないんだと思い、では人をなぐさめる、人を幸せにする物語を目指せばいいのかと思いました。

インターネットがまだ充分に発達していなかった時代、人々は「自分を幸福にする物語」を一生懸命探し、求めたと思います。

それが、一人一人の手にスマホが行き渡った結果、「自分を幸福にする物語を簡単に手に入れて、それだけに接したまま毎日を暮らすことができる」という時代になりました。

コンピューターは、自分が喜ぶ情報だけを集中的に教えてくれます。自分が不快になる情報をいっさい目にしないまま、人生を続けることはとても簡単になりました。

結果、「物語が暴走している」と感じます。

「カルト宗教」は、SNS以前から「暴走する物語」でした。それは、とても特殊なケースでした。でも今、「暴走する物語」はとても普通のことになりました。

実家の親から「ワクチンの中にはICチップが入っている」「世界は闇の一味によってコントロールされている」というLINEが来るという話が相談として送られてくることが珍しくなくなりました。

未来が見えない混迷の時代には、「絶対的絶対」を信じることは、安心することであることは間違いないのです。


物語を書く世界では、キャラクターを「フラット・キャラクター」と「ラウンド・キャラクター」に分けます。

「フラット・キャラクター」は、文字通り、平板な登場人物です。一番分かりやすいのは、主人公を職務質問する警官とか、主人公が乗り込むタクシーの運転手、なんて存在です。人物の背景がなく、役割だけが与えられています。

「ラウンド・キャラクター」は、まさに丸みがある、つまり、全方位から描かれているキャラクターです。職務質問した警官にも家庭があって悩みがあって嫌な上司がいて、主人公を乗せたタクシーの運転手は借金があって、でも良い女房がいて、でも子供は不良で、なんて場合です。

すべての登場人物をラウンド・キャラクターにしていたら、それこそ膨大な量になります。小説だと何千ページ、映画や演劇だと10時間以上の作品です。ですから、登場する人物を作家は、適時、フラットにしたりラウンドにしたりします。

「絶対的絶対」の世界に生きると、敵対する相手は、すべて、〝悪魔〟とか〝モンスター〟とか〝権力者〟とか〝闇の帝王〟とかになります。つまりは、分かりやすい「悪の代表者」です。

これらは、すべて「フラット・キャラクター」として描かれます。つまり、役割だけでなんの丸みも深みもないのです。

それは嘘だろうと思うのです。

この地球を支配しようとしてたり、闇の帝王だったり、僕達を洗脳しようとする人なんだから、ちゃんと存在していて、つまり、喜びや葛藤や怒りや迷いがある存在のはずだと思うのです。

でも、陰謀論に出てくる悪の権化は、みんなフラット・キャラクターなのです。

そんなすごいレベルじゃなくても、私達は、理解できない相手はフラット・キャラクターにして悪口を言いがちです。「頭がおかしい人」「狂ってる人」「わがままの固まり」「共感性ゼロの人」……これらは、すべて、「物語が暴走」した結果、相手をフラット・キャラクターにしているのです。

この状況に対応する有効な手段のひとつが、『人間ってなんだ』の「まえがき」で紹介した「エンパシー（empathy）」つまり相手の立場に立てる能力だと僕はあらためて思います。「シンパシー（sympathy）」という同情心ではなく。

自分は相手をフラット・キャラクターとして見てないか。最近の自分は「物語の暴走」に浸って快感を感じてないか。

それをチェックする能力がエンパシーだと僕は思っているのです。

「物語の暴走」に気をつけろというのは、「世界を簡単に説明してくれる物語、分かりやすすぎる物語、いきなり敵を教えてくれる物語には気をつけろ。それは嘘だ」ということでもあります。


というわけで、この長い「あとがきにかえて」はおしまいです。

最後まで読んでいただいて、本当にありがとうございます。

物語が暴走し、「絶対的絶対」が再び力を持とうとしている時代ですが、なんとか、賢く生きていきましょう。エンパシーを育て、「世間話」ではなく、知らない人との「社会話」を楽しみ、「強力で唯一の世間」ではなく、「ゆるやかな複数の世間」に所属して、「分かりやすすぎる物語」に気をつけて、幸せになりましょう。

そのために生きているんですもんね。んじゃ。

２０２２年８月

鴻上尚史

本書は週刊『ＳＰＡ！』（扶桑社）１９９４年10月12日号〜２０２１年５月26日号で連載した「ドン・キホーテのピアス」の一部を、書籍化にあたり加筆修正のうえ、再構成したものです。

鴻上尚史

1958年愛媛県生まれ。早稲田大学法学部卒業。作家・演出家・映画監督。大学在学中の1981年、劇団「第三舞台」を旗揚げする。'87年『朝日のような夕日をつれて'87』で紀伊國屋演劇賞団体賞受賞、'94年『スナフキンの手紙』で岸田國士戯曲賞を受賞。2007年に旗揚げした「虚構の劇団」の旗揚げ三部作戯曲集『グローブ・ジャングル』では、第61回読売文学賞戯曲・シナリオ賞を受賞した。著書に『あなたの魅力を演出するちょっとしたヒント』『青空に飛ぶ』(ともに講談社文庫)、『「空気」と「世間」』『不死身の特攻兵』(ともに講談社現代新書)、『ベター・ハーフ』(講談社)、『鴻上尚史のほがらか人生相談』(朝日新聞出版)、『人間ってなんだ』『人生ってなんだ』(ともに講談社+α新書)など多数。

講談社+α新書 855-3 C

世間(せけん)ってなんだ

鴻上尚史(こうかみしょうじ) ©KOKAMI Shoji 2022

2022年9月20日第1刷発行

発行者―――― 鈴木章一

発行所―――― 株式会社 講談社

東京都文京区音羽2-12-21 〒112-8001

電話 編集(03)5395-3522

販売(03)5395-4415

業務(03)5395-3615

デザイン―――― 鈴木成一デザイン室

カバー印刷―――― 共同印刷株式会社

印刷―――― 株式会社新藤慶昌堂

製本―――― 牧製本印刷株式会社

KODANSHA

定価はカバーに表示してあります。

落丁本・乱丁本は購入書店名を明記のうえ、小社業務あてにお送りください。

送料は小社負担にてお取り替えします。

なお、この本の内容についてのお問い合わせは第一事業局企画部「+α新書」あてにお願いいたします。

Printed in Japan

ISBN978-4-06-529748-3

講談社+α新書

書名	著者	内容	価格・番号
医者には絶対書けない幸せな死に方	たくきよしみつ	「看取り医」の選び方、「死に場所」の見つけ方。お金の問題……。後悔しないためのヒント	924円 786-1 B
もう初対面でも会話に困らない！ 口ベタのための「話し方」「聞き方」	佐野剛平	『ラジオ深夜便』の名インタビュアーが教える、自分も相手も「心地よい」会話のヒント	880円 787-1 A
人は死ぬまで結婚できる 晩婚時代の幸せのつかみ方	大宮冬洋	80人以上の「晩婚さん」夫婦の取材から見えてきた、幸せ、課題、婚活ノウハウを伝える	924円 788-1 A
サラリーマンは300万円で小さな会社を買いなさい 人生100年時代の個人M&A入門	三戸政和	脱サラ・定年で飲食業や起業に手を出すと地獄が待っている。個人M&Aで資本家になろう！	924円 789-1 C
サラリーマンは300万円で小さな会社を買いなさい 会計編	三戸政和	サラリーマンは会社を買って「奴隷」から「資本家」へ。決定版バイブル第2弾、「会計」編！	946円 789-2 C
名古屋円頓寺(えんどうじ)商店街の奇跡	山口あゆみ	「野良猫さえ歩いていない」シャッター通りに人波が押し寄せた！ 空き店舗再生の逆転劇！	880円 790-1 C
少子高齢化でも老後不安ゼロ シンガポールで見た日本の未来理想図	花輪陽子	日本を救う小国の知恵。1億総活躍社会、経済成長率3・5%、賢い国家戦略から学ぶこと	946円 791-1 C
マツダがBMWを超える日 クールジャパンからプレミアムジャパン・ブランド戦略へ	山崎明	日本企業は薄利多売の固定観念を捨てなさい。新プレミアム戦略で日本企業は必ず復活する！	968円 792-1 C
知っている人だけが勝つ 仮想通貨の新ルール	小島寛明＋ビジネスインサイダージャパン取材班	仮想通貨は日本経済復活の最後のチャンスだ。この大きな波に乗り遅れてはいけない	924円 793-1 C
夫婦という他人	下重暁子	67万部突破『家族という病』、27万部突破『極上の孤独』に続く、人の世の根源を問う問題作	858円 794-1 A
人生の締め切りを前に 男と女、それぞれの作法	田原総一朗 下重暁子	年を取ると、人は性別不問の老人になるわけではない。老境を迎えた男と女の違いを語る	924円 794-2 A

表示価格はすべて税込価格（税10%）です。価格は変更することがあります

講談社+α新書

歩く速さなのに らくらく
健康効果は2倍! スロージョギング運動
讃井里佳子
歩幅は小さく足踏みするテンポ。足の指の付け根で着地。科学的理論に基づいた運動法
968円 795-1 B

AIで私の仕事はなくなりますか?
田原総一朗
グーグル、東大、トヨタ……「極端な文系人間」の著者が、最先端のAI研究者を連続取材!
946円 796-1 C

本社は田舎に限る
吉田基晴
徳島県美波町に本社を移したITベンチャー企業社長。全国注目の新しい仕事と生活スタイル
946円 797-1 C

50歳を超えても脳が若返る生き方
加藤俊徳
寿命100年時代は50歳から全く別の人生を! 今までダメだった人の脳は後半こそ最盛期に!!
968円 798-1 B

99%の人が気づいていないビジネス力アップの基本100
山口博
アイコンタクトからモチベーションの上げ方まで。「できる」と言われる人はやっている
946円 799-1 C

妻のトリセツ
黒川伊保子
いつも不機嫌、理由もなく怒り出す——理不尽極まりない妻との上手な付き合い方
880円 800-1 A

夫のトリセツ
黒川伊保子
話題騒然の大ヒット『妻のトリセツ』第2弾。夫婦70年時代、夫に絶望する前にこの一冊
902円 800-2 A

世界の常識は日本の非常識
自然エネは儲かる!
吉原毅
新産業が大成長を遂げている世界の最新事情を紹介し、日本に第四の産業革命を起こす一冊!
946円 801-1 C

人生後半こう生きなはれ
川村妙慶
人生相談のカリスマ僧侶が仏教の視点で伝える、定年後の人生が100倍楽しくなる生き方
924円 802-1 A

明日の日本を予測する技術 「権力者の絶対法則」を知ると未来が見える!
長谷川幸洋
ビジネスに投資に就職に!! 6ヵ月先の日本が見えるようになる本! 日本経済の実力も判明
968円 803-1 C

人が集まる会社 人が逃げ出す会社
下田直人
従業員、取引先、顧客。まず、人が集まる会社をつくろう! 利益はあとからついてくる
902円 804-1 C

表示価格はすべて税込価格(税10%)です。価格は変更することがあります

講談社+α新書

ソフトバンク「巨額赤字の結末」とメガバンク危機
黒川敦彦
コロナ危機でますます膨張する金融資本。崩壊のXデーはいつか。人気YouTuberが読み解く。
924円 824-2 C

次世代半導体素材GaNの挑戦 22世紀の世界を先導する日本の科学技術
天野　浩
ノーベル賞から6年——日本発、21世紀最大の産業が出現する!! 産学共同で目指す日本復活
968円 825-1 C

会計が驚くほどわかる魔法の10フレーズ
前田順一郎
この10フレーズを覚えるだけで会計がわかる！「超一流」がこっそり教える最短距離の勉強法
990円 826-1 C

ESG思考 激変資本主義1990—2020、経営者も投資家もここまで変わった
夫馬賢治
世界のマネー3000兆円はなぜ本気で温暖化対策に動き出したのか？　話題のESG入門
968円 827-1 C

超入門カーボンニュートラル
夫馬賢治
カーボンニュートラルから新たな資本主義が誕生する。第一人者による脱炭素社会の基礎知識
946円 827-2 C

内向型人間が無理せず幸せになる唯一の方法
スーザン・ケイン
古草秀子 訳
成功する人は外向型という常識を覆した全米ミリオンセラー。孤独を愛する人に女神は微笑む
990円 828-1 A

トヨタ チーフエンジニアの仕事
北川尚人
GAFAも手本にするトヨタの製品開発システム。その司令塔の仕事と資質を明らかにする
968円 829-1 C

ダークサイド投資術 元経済ヤクザが明かす「アフター・コロナ」を生き抜く黒いマネーの流儀
猫組長(菅原潮)
恐慌と戦争の暗黒時代にも揺るがない「王道の投資」を、元経済ヤクザが緊急指南！
968円 830-1 C

カルト化するマネーの新世界 元経済ヤクザが明かす「黒い経済」のニューノーマル
猫組長(菅原潮)
投資の常識が大崩壊した新型コロナ時代に、元経済ヤクザが放つ「本物の資産形成入門」
968円 830-2 C

シリコンバレーの金儲け
海部美知
「ソフトウェアが世界を食べる」時代の金儲けの法則を、中心地のシリコンバレーから学ぶ
968円 831-1 C

認知症の人が「さっきも言ったでしょ」と言われて怒る理由 5000人を診てわかったほんとうの話
木之下　徹
認知症一〇〇〇万人時代。「認知症＝絶望」ではない。「よりよく」生きるための第一歩
968円 832-1 B

表示価格はすべて税込価格（税10%）です。価格は変更することがあります

講談社+α新書

人間ってなんだ　鴻上尚史
「人とつきあうのが仕事」の演出家が、現場で格闘しながらずっと考えてきた「人間」のあれこれ
968円 855-1 C

人生ってなんだ　鴻上尚史
たくさんの人生を見て、修羅場を知る演出家が考えた。人生は、割り切れないからおもしろい
968円 855-2 C

世間ってなんだ　鴻上尚史
中途半端に壊れ続ける世間の中で、私たちはどう生きるのか？　ヒントが見つかる39の物語
990円 855-3 C

奇跡の小売り王国「北海道企業」はなぜ強いのか　浜中淳
ニトリ、ツルハ、DCMホーマックなど、北海道企業が各業界のトップに躍進した理由を明かす
1320円 856-1 C

その働き方、あと何年できますか？　木暮太一
ゴールを失った時代に、お金、スキル、自己実現を手にするための働き方の新ルールを提案
968円 857-1 C

2002年、「奇跡の名車」フェアレディZはこうして復活した　湯川伸次郎
かつて日産の「V字回復」を牽引した男がフェアレディZの劇的な復活劇をはじめて語る！
990円 859-1 C

表示価格はすべて税込価格（税10%）です。価格は変更することがあります